ライナー・マリーア

リルケ

の肖像

シュテファン・シャンク著
両角正司 訳

JN298602

朝日出版社

Herausgegeben von Martin Sulzer-Reichel

Stefan Schank, geboren 1962 in Saarbrücken, studierte in Saarbrücken Neuere Deutsche Literaturwissenschaft, Neuere Deutsche Sprachwissenschaft und Anglistik. 1994 promovierte er über ›Kindheitserfahrungen im Week Rainer Maria Rilkes‹. Seit 1992 ist er Bibliograph, seit 1994 auch verantwortlich für den Vortrag über »Neue Rilke-Literatur« bei den Jahrestagungen der Rilke-Gesellschaft.

ライナー・マリーア

リルケ

の肖像

Originalausgabe
Juli 1998
2. Auflage April 1999
© Deutscher Taschenbuch Verlag GmbH & Co. KG, München
Umschlagkonzept: Balk & Brumshagen
Umschlagbild: Ausschnitt aus dem Gemälde >Rainer Maria Rilke<
(um 1901) von Helmuth Westhoff (© AKG, Berlin)
Layout: Matias Möller, Agents - Producers - Editors, Overath
Satz: Matias Möller, Agents - Producers - Editors, Overath
Druck und Bindung: APPL, Wemding
Gedruckt auf säurefreiem, chlorfrei gebleichtem Papier
Printed in Germany ISBN 3-423-31005-7

目　次

1　ヘルムート・ヴェストホフの油絵の部分「ライナー・マリーア・リルケ」（1900年頃）

幼年時代と青春時代

ぼくには父祖の家も無く
そして失う家も無かった
母はこの世の直中へ
ぼくを生み落とした
それでいまぼくは世の中に立ち
いよいよ深く世の中へと入って行く
そしてぼくの幸せと哀しみを抱きしめ
どちらも独りで受け止める
〈最後の人〉――形象詩集――

故郷喪失と孤独――この二つの感情が一生涯ライナー・マリーア・リルケに付きまとった。彼は詩作ができるように、しばしば孤独を求めはした。しかし大人になってからのどんな孤独も、幼年時代に体験しなければならな

リルケは全く生まれながらの、生粋の、正しく芸術家そのものの人格であり、芸術家以外の何者でもなかったので、私はとても大きな印象を受けました。……この人の本性と彼が話す形式は、書かれた作品と完全に一致しています。……リルケにおいて私は真正純粋なものに行き当たったのでした。
ジャン・ルードルフ・フォン・ザーリス〈生は正しい〉一九九三年
ジャン・ルードルフ・フォン・ザーリス＝クララ・オーバーミュラーとの対話から

2　結婚直前のリルケの両親。1873年5月24日の写真。

かったあの耐え難い孤独の思い出を呼び覚ますだけであった。彼は生まれ故郷の街をめったに訪ねることはなかったが、そうした機会の中のある時を、一九〇七年十一月一日、妻に次のように述べている。「この家の曲がり角、あの窓と車寄せ、広場と教会の棟が、昔より小さく、縮こまり、全く不当にも卑屈に身をかがめているのを見ると、ぼくは悲しくなってしまう。……そしてそれらの重々しさは逆転してしまったが、個々の箇所にはどんなに重々しさが残っていたことだろう（今朝から今まで、以前にも増してぼくはこの街の現在の姿を不可解と混乱と感じている）。この街はぼくの幼年時代と共に過ぎ去っていなければならなかったか、あるいはぼくの幼年時代の方が後になってこの街を残したまま、あらゆる現実に比してもなお現実的に見えたり、言い表したりするために、この街から流出しなければならなかったのだ。……しかし街にもぼくにも属していて、ぼくとこ

朝六時通常の週日での〈プラハの目覚め〉「それは階層交代の時刻だ。街の一部が眠りに就き、街の一部が目を覚ます。……農夫の車の長い列……犬が繋がれている胡瓜の積み荷の車、キャベツやサラダ菜の積まれた大きな縞の車、湯気立つ乳製品の白い車、野菜を載せた手押し車と農夫たち、老婆たちは茸，苺、その他森の果実を持って旧市街へ急ぐ、彼らは『プラハの胃

の街を引き合わせ、互いに名付けて呼び合っている人間たち同様、この街は幽霊じみている。ぼくはそれをこんなに奇妙に感じたことは決してなかったし、ぼくの拒否が今度ほど大きかった事も嘗てなかった。」リルケにとってそれを目の当たりに思い浮かべることがほとんど耐え難い幼年時代とは、いかなるものであったか。

リルケは一八七五年十二月四日プラハで生まれた。彼は七ヶ月児であって、両親は一年前に娘をわずか数週間で亡くしていただけに、ことさら大きな不安に怯えていたことだろう。十二月十九日少々未熟ではあるが、健やかなこの男の子はプラハの聖ハインリヒ教会でルネ・カール・ヴィルヘルム・ヨーハン・ヨーゼフ・マリーアと命名された。ルネ《René》――【再び生まれた者】、この名前は女性形《Renée》のように聞こえる。後から生まれた子が亡くなった兄姉の代わりの子と見なされるのは珍しいことではない。そしてゾフィーとヨーゼフ・リルケ夫妻もこの事例であったのであろう。彼らの息子はプラハから出立して程ない二十一歳の時その名前をライナー《Rainer》と変えるが、一生涯母のためにはルネであり、母宛の手紙にはこの洗礼名で署名した。

名前の変更は幼年時代と両親からの決別を象徴的に執行する一つの試みであっ

袋』に彼らの供物を捧げる。……

エーゴン・エルヴィーン・キッシュ〈プラハの路地裏と夜〉一九六三年

た。しかし深く傷つけられた子供の心を癒すのに、象徴的な行為では充分ではなかった。――リルケはその後間もなくこれを悟らざるを得なかった。孤独の克服と内面の空虚の克服、そして彼が幼年時代に体験した魂の脅威は、精神分析学者エーミール・フォン・ゲープザッテルと対面して説明した通り（一九一二年一月十四日付の手紙）、常に自己の詩を【自己処置】の形式と見做したリルケの明確な目標となったのである。

リルケが自分の詩の中で、子供を光明で満たして神話的理想像にする段階をとっくに超えてしまった一九二三年九月でもまだ、伯爵夫人ジッツォーに自分が生い育った雰囲気を書簡で次のように激しい調子で伝えている。「プラハ（そしてプラハと関係のあるもの）は私にとってただ重苦しいだけのもの、奥底の知れぬもの、私には説明つかぬまま、幼年時代に私が耐えていた重荷、――［家族］であったもの全てを意味しております。彼らの大部分は疲れ切って死に絶えて行く一つの家族、その家族と他ならぬ当時若かったこの人間、彼は不十分な手段と力で全てのものに対して、全ての人に対して我が身を守らな

この頃、朝の三時からガリヒガッセとリッターガッセの喫茶店やスープ店を支配していた沸き立つ生活も終わりに近づく。マーケットのご婦人方もここの居酒屋に席を占める。正しくオリエントみたいに、その中心に竃が据えられていて、彼女たちはコーヒーを飲みながらお喋りをする。……オーストリアの農業政策と食肉の価格への影響…焼酎の屋台は人々で溢れていて、数限りない樽から無気力と神経病の妙薬を勧められるのである。路地小径はますます活気づいてくる。パン屋の小僧、肉屋の職人、……夜警、ビラ貼り人、女新聞配達人たち、これらが行き交う人たちだ。」

エーゴン・エルヴィーン・キッシュ〈プラハの路地裏と夜〉一九六三年

ければならなかったのです。……」十六年前の妻宛の手紙の中で既に述べたように、リルケは子供の頃圧迫に苦しみ、周囲の大人たちによって彼には全く理解できぬものや無縁なものを無理強いされたとの思いを、ここでもまた描いている。リルケ家の状況は現在や当時の中間層における多くの家庭の状況と似ている。不幸せな結婚、双方からの多くの失望、満たされなかった憧れ、互いの責任の擦り合い、その間に立つ子供、その子のために人は最上のものを望むが、両親双方から数限りない、時にはそれぞれ矛盾する期待に向き合わされる。両親の好意を胸に秘めて、この期待に応えようとし、それによって自身の感情を失ってしまう。そして遂には愛する二人の人間の離別を止めることができなかった。リルケの両親は良きにつけ悪しきにつけ、決して異常な人間ではなかった。彼らが考えたり、行ったりすること、彼らの価値基準、生活の目標という点では、プラハの中間層の中でドイツ語を話す他の人たちと何ら異なっていなかった。

ボヘミアのシュヴァービッツ生まれの父ヨーゼフ・リルケは軍人学校で教育を受けて、一八五九年幼年砲兵としてイタリア出兵に参戦している。この戦争の間、短期間だがブレッシャ要塞の独立守備隊長となったが、勿論これで彼は軍人としてのキャリアの頂点に達していたことになる。戦争の後ヨーゼフ・リルケは彼の連隊の学校で教師となったが、一八六五年には既に辞している。――幾度かの陳情にもかかわらず士官への昇進が彼に叶えられなかったことに深く失望したし、また慢性の頸の疾患によっても健康上かなりひどい状態になっていた。ヨーゼフ・リルケの二人の兄弟も幸運な軍人生活を送れなかった。何はともあれ二十一歳で陸軍中尉になったエーミールは一八五八年五月死去し、フーゴーも一八九二年自殺してしまった。というのも昇進に際して自分は常に無視されていると感じていたからであった。ヨーゼフ・リルケは軍隊を去った後、長兄ヤロスラフの助力を頼りに、オーストリア帝国トゥルナウークラルプープラハ鉄道会社に職を得た。彼は残りの人生をさまざまな小都市の駅長や倉庫管理部長として過ごし、ボヘミア北部鉄道の検査官で退職、年金生活となった。ヨーゼフ・リルケは職業で断念させられた自己確認を仕事の後の暇な時間に旧市街の喫茶店へ規則正しく通うことによって獲得する。そこで――知的というよりは、むしろ控え目に身を整えて、少々プチブル的であったが――洗練されたエチケットと常に小綺麗な服の着こなしをもって、大切に育てられた中産階級のプラハの娘たちに好印象を与える術を心得ていた。ヨーゼフ・リルケの鍛え込まれた軍人のポーズと――恐らく彼の性

リルケの死後ゾフィー・リルケはナニー・ヴンダリー-フォルカルト夫人と文通し、ミュゾットを訪れ、ついにはシエールに移り住んだ。彼女の思いは絶えず息子を巡って離れない。その言い回しは彼女がナニーに宛てた手紙全てに特徴的で、手紙の中の一通、リルケの二度目の命日、一九二八年十二月二十九日には次のように書いている。

「衷心よりご機嫌よくあらせられますよう！　この世で最も愛しい心の人よ！

私の言葉では言い表せない哀しみを抱いて私は貴女の元へ急いでまいります。貴女だけが記念の日の今日、筆舌に尽くしがたく私を心の奥底から震撼させる、私の深い深い苦痛を察して下さるのです。

格のある種の父親らしさによっても——若いゾフィー・エンツは好印象を受けたのであった。

リルケの母ゾフィーはある有力な、裕福なプラハの家の出である。彼女の父カールは工場主であり、帝室顧問官であった。彼女の母カロリーネはプラハに化学染料と製品のための工場を所有していたカール・キンツェルベルガーの娘であった。エンツ家はヘレンガッセのバロック時代からある家に住んでいた。ゾフィーはフィアと呼ばれ、彼女も一生涯フィアのままであることを、つまり周囲の人たちがこの世のあらゆる災難から守ってあげなければならぬように、人々にそれとなく知らせる、小さな弱い人間であることを望んだ。けれどもヨーゼフ・リルケの軍人のポーズと同じく、ゾフィーの思い込みの弱々しさは見せかけにすぎなかった。仮面の裏にはどんな時も己の意思を貫き通す術を心得ている、したたかな生活力旺盛な個性が隠されていた。そしてこれがまた周囲と衝突し、抵抗されることになる。例えば夫からの離別は一八八四年ゾフィー・リルケが実現させたが、一九世紀の市民階層では困難な手続きであった。そしてゾフィー・リルケは息子の死後チェコの官僚組織のジャングルと闘って切り抜け、プラハからスイスへの移住を成し遂げ

不安な二年の間、救い主が私の大切な息子を、熱愛している我が子を御身元へお召しになられてこのかた、この苦痛は片時も減じたことはございません。私のルネ！　私の全て！　貴女　最も　愛しい心の人、貴女は彼の天使でした。——《神様》のようです——そう私は静かな夜告白致しました。そしてあの子の寄る辺ない、深く不幸に沈んでいるママにとりましても、貴女は誠実な天使です。神様が貴女の全てに報いて下さいますように！」

一九三一年八月ゾフィー・リルケはヴァイマルにいた孫娘ルート・ジィーバー‐リルケの元で亡くなった。

た時、彼女は殆ど八〇歳の老婆になっていたが、自己主張の驚くべき能力があることを立証したのである。一八七三年五月二十四日結ばれた十三歳年上のヨーゼフ・リルケとの結婚について、二十二歳のこの女性は勿論非現実的な思いを巡らせたことだろう。一九〇〇年〈エフェメリーデン(蜉蝣)《カゲロウ》〉のタイトルで出版された箴言の中の幾つかは、ゾフィー・リルケが間もなく体験した幻滅の様を感じさせる。『多くの結婚式は戦いの前の祈りにすぎぬ』とか『不実は幸福によって世界へ広められた』と言った格言の中には、書いた女性の抑圧された怒りが表現されているが、またあの当時全然日常的でない自立した因襲にとらわれぬ生活感情も表現されていて、その感情はやはり、人生に幻滅させられた、という根本感情に逆らってまで自己を主張することはできなかった。ゾフィー・リルケは欲求不満の代償として、生に背を向けた、儀式で硬直化したカトリック教会への信心を募らせ、その信仰心は寄る年波とともに規則に凝り固まった狂信にまで高まっていった。彼女はつねづね、数限りない、大抵は思い込みの病気を訴えて、日頃は真っ黒な服装で上流階級の貴婦人を思わせる印象を与えた。ヨーゼフ・リルケは我儘な妻に耐えられなくなると、旧市街に出掛けて行ったが、両者の息子は母の気まぐれに委ねられたままだった。

3 リルケの誕生の家(左から2番目の建物)。プラハ ハインリヒガッセ17番地。

幼いルネの世界は狭かった、重苦しく狭かった、空間の上でも、心の上でも。プラハの比較的良い地区であったハインリヒガッセの借家は、もともとこの家族にとっては高すぎたし、住まいはゾフィー・リルケによって趣味の悪い家具、調度品が据えられ、種々の小さな装飾品が処狭しと詰め込まれた。それだけであったらルネの精神にとってカタストローフとはならなかったかも知れない。少年は両親が自分たち自身や他人や自分たちの生活について不平不満を話すのを、来る日も来る日も見聞した。そこで彼らの生活の現実とは何も関わりのない社会的体面を守れるようにと、多大な苦労がなされた。特にルネの気持ちを重苦しく感じさせたのは、この狭い住まいの中で息子だけに意識を集中しながら、教育上の責任を一切自覚しない母親と二人だけで過ごした時の幼年時代だった。ゾフィー・リルケは無思慮にも幼い自分の子を宗教的儀式に巻き込んだのである。——教会へ行くたびにルネはキリストの傷に接吻しなければならなかった——彼女は自分のヒポコンデリーの心配を息子に投影して、同年齢の子供達と接触させずに、学校に上がる前まで女の子の服を着せて、彼の亡くなった姉の役を演ずる気持ちにさせたのである。要するにリルケの母親は息子を固有の感情、希望、欲求を持った人間と扱わずに、自分自身の一部分として、望む時はいつでも、自分が鏡に映し出されるのを見ることができる一対象と扱ったのだ。そしてルネは母の望みを叶えて、自分が期待されたとおりに振舞った。それは彼が母にべったりで、どの子もそうだが、母の愛情を失うのを死ぬほど恐れていたからだ。ルネは生まれてから十歳まで誰にも妨げられず自己を展開できた唯一の領域があった。つまり彼が空想の赴くままに任せていても、母から何ら制約も受けなかったのである。絵を描く喜びで、彼はこの家族の名家の家系を母と二人で夢見る時と全く同じ確証を得たが、——今日に至るまで立証できないリルケ家の貴族の出自を伯父ヤロスラフも一生涯懸けて立証しようと努めた。ルネが早い時期から詩に魅せられ、没頭していった点においても、同様に彼自身が詩作を試みたことでも、支持され、励まされた。ルネの無類の言語的天分のための感受性を発展させてやることを、母はためらうことなく可能にしてやった。彼女は、詩人になろうとする彼の目標と積極的に正面から向き合った。——それには確かに我欲がないわけではなかったが。息子が母と一緒にいる限りでは、彼女は彼を、文学趣味を共に分かち合う連帯者とみなした。——他方、彼女の夫は一生涯芸術の世界をいかがわしいと思い続けていた。母と息子は別々の道を歩んだが、彼女は息子の次第に高まりゆく名声によって利することができた。リルケは自伝小説〈エーヴァルト・トラーギー〉の中で名声など全く重要でないとしながらも、このことを予見している。

ルネはピアリストの経営する、良家のドイツ語を話す中流階級に属する息子たちが主に通うプラハのドイツ系小学校に入学したが、母と息子の情緒的に密接に結びついた関係は何ら変わることはなかった。学校はハインリヒガッセの住居からほんのわずかしか離れていなかったのに、校門の前まで同伴し、またそこへ連れ戻しに行くと言い張った。彼女は息子に、教科として教えられるチェコ語に対するバランスで——チェコ語はプラハの労働者の言葉として——フランス語を学ばせ、彼のため気前よく病欠席届を書いてやった。これまで何もしなかったヨーゼフ・リルケはこの数年、両者の息子に対する妻の災いに満ちた影響に対抗するためにも、彼の側からは挫折した将校への期待を込めて跡継として対決させ始めた。ルネはバーベルで身体を鍛えなくてはいけないし、サーベル、鉄兜や鉛の兵隊で遊んだり、男の子に相応しい遊びによって彼の体格を改善しなくてはならない、と。両親の期待に精一杯添うよう心に決めていたルネは、急に木に登ったり、兵隊のおもちゃで遊んだり、休暇中ある時は何処かで馬車を御すことも許された。そして父には全てについて軍隊の報告口調で次のように報告している。「狼のように食い、泥のようにぐっすり眠ります。」そして「自分は第二騎兵中隊の少佐であ

4　1880年のルネ・リルケ。

5　そして1882年のルネ・リルケ。

「母は父の元を去ったのです。母は今旅行中です。途中で必要なものだけしか持って行っていません。愛についても。——ぼくはもう長いこと母のことは聞いていません。けれども彼女は汽車の車室の中で一駅の間にも、『私の息子は詩人です』などと言っていることだけは確かです。」

〈エーヴァルト・トラーギー〉一八九八年

ります。金の金具の付いたサーベルを吊っています。……そしてブリキの十字勲章の騎士であります」と、ルネは一八八三年八月父に宛てて手紙を書いている。この時期ゾフィーとヨーゼフの間の緊張は尖鋭化し、ルネは以前よりもひどく夫婦間の権力争いに巻き込まれていった。一八八四年の結婚記念日に八歳の男の子が両親に宛てて書いた詩は、絶えず繰り返される争いを止めるよう懇願して終わっている。

神様の祝福をもってお元気にお暮らし下さい
どこにおいでになっても神様があなたがたをお守りくださいますように
あなたがたの暮らしが幸福でありますように
不幸であったことなど決して想い出さないでください
　決して！　決して！　決してね！
さあお元気でお暮らし下さい　ぼくはごきげんようと

ピアリスト：一六一七年ヨーゼフ・フォン・カラザンツァによって設立された学校教育のための修道院組織。リルケより約十年後にプラハのピアリスト学校へ通ったエーゴン・エルヴィーン・キッシュは次のように回想する：「授業の始めはいつもお祈りであった。先生は地図を指すために長い指し棒を持っていたが、地理とは別に試される時にもしばしば利用された。するとその時は、指、手のひらがひどく痛んだものである。何人かの学生は午後の放課後修道院の建物の中へ入って行った。そこで彼らは先生の元で、なおも復習の授業を受けたのである。」〈プラハの路地裏と夜〉から

言います
そしておふたりにもうつらいことがないよう望みます
　ごきげんよう　ごきげんよう
おふたりを心から愛しているあなたたちの息子
　　　　　　　　　　　　　　　　　ルネ

ルネの願いは空しかった。両親は同年なおもプラハでそれぞれ別の住まいに暮らしていた。彼は母のひどく問題のある保護下でなお二年間過ごした後、一八八六年九月一日ザンクト・ペルテン陸軍幼年学校に再び入ることになる。

両親がルネを十年間ひとり放置しておいた後、彼を陸軍学校へ押し込んだことは彼にとってショックであり、現実において決して克服することが出来なかったトラウマとなる体験であった。自己中心的な感情の抑制が効かない、彼だけに焦点を合わせた母に代わって、

私が生まれた時には、両親の結婚はもう枯れ果てていました。私が九歳の時、あからさまな争いが突発し母は夫の元を去りました。彼女はひどく神経質な痩せぎすの色が黒い女性で、何か漠然としたものを人生から求めていました。そして今も変わりません。本来この二人の人間は互いにもっとよく理解し合えたに違いなかったのです。というのも二人ともうわべを限りなく重んじたからです。現実は小市民的であった世帯は豊かな外見が必要だったのです。私たちの衣服は人を欺かねばならず、ある種の嘘は当たり前のこととされていました。私がどのようだったかは憶えておりません。私はとても美しい服を着なければなりませんでした。そして学校に上がるまで女の子のように歩き回っていました。母は大きな人形と遊ぶように私と遊んでいたのだと思います。その他母は「お嬢さん」と呼ばれるといつも誇らしい氣になっていました。彼女は人から、若くて悩みがあり不幸であると思われたがっていました。そして実際彼女は不幸だったのです。私たちも皆不幸だったと思います。……
　一九〇三年四月三日エレン・ケイ宛手紙

彼は将校たちや鬼曹長たちと向かい合って立つことになったが、彼らはルネと約二〇〇名の同級の生徒たちに軍人としての能力と徳目の教育をしようとするものであった。以前は一日の大半をプラハの借家住まいで孤独の中に過ごしていたのに、今では丁度その時間、まるで別の星の生き物のように彼には不可解であった同年代の仲間たちの中にいるのである。

一八九九年十一月五日——この頃、《軍隊小説》を書こうという構想が彼の心を占めていて、この中で軍人学校での自分の体験を小説に仕上げようとした——リルケは日記の中に次のように書き留めている。「またこの素材は、それによって我を忘れて没頭すればするほど、私には相変わらず不可能で粗野に思える。少年たちの社会をその粗暴と退廃の姿のまま、絶望的で悲しいのに、陽気な姿のままを示す手腕を、私はまだ感じない…この集団全体を常に集団として活動させることは、私には難しくもあるが、同時に重要に思われる。なぜならその一人一人は——最も愚劣な少年でも——子供だからだ。しかしこの子供たちの仲間から生ずるものは、——これが圧倒的な印象であろうが——恐るべき全体性だ。これが何かを求めて、時にはこの腕、時にはあの腕を伸ばす恐ろしい生き物のように活動するのだ。」

6　1930年に取り壊された、プラハヘレンガッセ（パンスカ）八のこのバロック様式の館は、リルケの曾祖父カール・キンツェルベルガーによって買い取られた。1884年に成立した両親の離婚後、ゾフィーと息子は1886年夏までこの家の3階の祖父母の住まいにいた。

過酷過ぎる学校制度についての苦難に満ちた体験は、リルケと同時代の人たちの中では稀とはとても言えぬテーマである。フランク・ヴェーデキント〈春の目覚め〉一八九一年)、トーマス・マン(〈ブッデンブローク家の人々〉一九〇二年)、ハインリヒ・マン(〈ウンラート教授〉一九〇五年)、ヘルマン・ヘッセ(〈車輪の下〉一九〇六年)、そしてロベルト・ムージル(〈士官候補生テルレスの惑い〉一九〇六年)などは、プロイセン-ドイツの、乃至はハープスブルクの教育システムにおける個性の破壊を描いている。これに対してリルケは彼の軍隊小説を自己の文学的著作の重要な目的として日記や手紙の中で繰り返し述べてはいるが、それを決して書きはしなかった。ただ幾つかのスケッチや断片の中で、例えば一八九四年に成立した散文のスケッチ〈ピエール・デュモン〉とか　小説〈体操の時間〉(一八九九年)の中で軍人学校がテーマとなっているが、それらの緊密で簡潔な文体は、ほとんど同時期に成立した〈旗手クリストフ・リルケの愛と死の歌〉の中のロマンチックで英雄的な軍人生活の賛美と注目すべき対比をなしている。

客観的と推定される調査結果を、つまりザンクト・ペルテン時代の四年間からの証拠や評価を吟味すると、軍人学校における苦悩についてのリルケの後年の嘆きは誇張と思われる。一年目は別にして、ルネは常に同学年の上位の生徒のひと

7　ザンクト・ペルテンの陸軍幼年学校。

りであった。彼は教師たちから〈おとなしい、おずおずした、人柄の良い〉、〈非常に行儀が良く、控え目である〉、また〈非常に勤勉である〉そして〈言語に関しては、さらに才能がある〉とその特性が評価されていた。なるほどルネは同級生たちから変わり者と見られていたが、そのような者として尊敬されていた。彼は皆から離れていて、日記をつけ，詩を書き、一八九〇年には『三十年戦争史』の執筆さえ始めている。そして時には国語の授業で自分が書いたものを朗読することも許されたが、それでクラスの仲間の嘲笑を引き起こすことなどなかった。ザンクト・ペルテン陸軍幼年学校で四年を終えた後、メーリッシュ - ヴァイスキルヒェン陸軍高等実科学校への入学も予定通りにいった。ルネはここでも最初は良い成績を保持することがで

自然が創ったままの人間というものは、……道も秩序もない原始林だ。そして原始林は間伐され、整理され、力ずくで制限されねばならないのと同様に、学校もまた自然のままの人間を砕いて、打ち負かし、そして力ずくで制限しなければならない。学校の使命は、国家権力に承認された原則に従って自然のままの人間を社会に有用な一員に仕上げ、その後兵営での入念な訓練が最後を飾って終了となる特性をこの人間の中に目覚めさせることである。

ヘルマン・ヘッセ〈車輪の下〉一九〇六年

きた。だが彼がその後も周囲への順応行為に努めているうちに、彼の肉体は、成長を遂げるこの男子に、自分は軍隊の環境に適していないという合図を送っていた。ルネの病気は次第に度を増してゆき、彼が数年後にヴァレリー・フォン・ダーフィト‐ローンフェルト宛の手紙に書いたように、彼は「身体的な病気と言うよりも精神的にイライラしていました。」メーリッシュ‐ヴァイスキルヒェンに九ヶ月在籍した後、ルネは一八九一年六月父の同意を得て〈恒常的な病弱〉に基づいて卒業証書を手にすることなく、遂に軍人学校を去るのである。

8　ザンクト・ペルテンの幼年学校生リルケ、1888年。

ルネ・リルケは——表面的には——軍人学校の規則に屈服していた。彼は表だって反抗はせずに、生徒として期待されていたことを行ったのであり、自分の本分を立派にやってのけたのであった。しかし彼の魂を、同級生たちにも、教師詩人はどんなことがあっても世界を全体で是認しなくてはならない、というリルケの確信は、あの独特な故郷喪失をも含んでいる。「つまりあらゆる言語が書けなくてはなりません。貴女が当然今嘆きとしてお話しになった祖国喪失を喜びの声を上げて、積極的な姿勢で認められますように。私の心と精神は子供の頃からこの世界平等に向けられていましたし、一歩も退くこともできません。そして私がいかに悩んだか、貴女が理解なさいますように。」
マリー・フォン・ムティウス宛　一九一八年一月十五日

たちにも、そして両親にも閉ざしたままだった。彼は自分の真の感情に対しては詩の中に領域を与えた。最初の詩は一八八八年五月に成立し、〈あきらめ〉、〈戦い〉、〈墓標〉、〈孤児〉といった表題がつけられた。この頃の日記には「悲しくて、真剣な考え」を託し、軍人学校では対照的な生活態度を持続して行く。彼は独自の道を行くであろう、だが控え目に。伝統の形式を是認はしないが、それに従って暮らして行くだろう。そして詩作の中に心の内奥を吐露することになる。喝采を求めたり、自己の感情に耽溺して、己を露わに晒す詩ではなくて、生と世界に向かって自己を解放する態度の詩である。

リルケの偉大な文学作品は耐え難い時でも、またもはや勝利などありえず、克服さえ

「私は自分の生活——私が今日、全体としてそれを把握出来ないまま、行き当たりばったりにそう名付けることに致しますが、もしも私が数十年にわたって私の軍隊教育の思い出全てを否定し排除しなかったら、この自分の生活を実現することはできなかった、と思います。そうです、この五年の思い出を排除するために私はあらゆることを致しました！　あの拒絶された過去からの最小の影響でさえ、私が闘い取ろうとした新しい豊かな固有の意識を掘り崩そうとしているかに思える時がありました。——そしてその影響が心の中で湧き上がってくる場合には、それを乗り越えて行かねばなりませんでした。

殆ど困難な時でも、保証の無いまま生と係わることにより、辛うじて獲得された成果である。それらは急速に変化し、計量不能な世界の中に自身の場所を定める個人の試みである。それはまた、あらゆる確かなものが疑わしくなってしまって、確固たる標記点がもはや存在しない世界の中に、支えを求める試みでもある。自我と世界の間の緊張は現代の中心問題である。それもまたライナー・マリーア・リルケの大きなテーマのひとつでもある。

しかし当分ライナー・マリーア・リルケはまだルネ・リルケである。その彼もまだ詩人ではなく、失敗した幼年学校生であり、これから先の教育はプラハの家族皆の心配の種となった。ルネを一八九一年九月からリンツの商業専門学校の三年課程に入学させる、と差し当たり決定された。この決定の背後にあった推進力はルネの伯父ヤロスラフであって、彼はプラハの公証人委員会の議長であり、州議会議員であり、アウスィヒ・テプリッツ鉄道の会長としてリルケ一族でただ一人社会的な名声を得ていた。一八六八年生まれのヤロスラフの長男マックスは、一八九一年三月に亡くなってしまったし、その弟エーゴン（一八七三―一八八〇）は子供の時すでに

ちょうど最も疎遠な、いや識別すらできない生活に属している何かを乗り越えて行くように。――けれども後に増大して行く固有の世界の中に囲まれ、保護されていたような時になってもなお、あの長い当時の年齢をはるかに超えた、私の幼年時代の凄まじい災厄は不可解に思えました。――そして私はこの底知れぬ宿命も、私を最後に――恐らく最後の瞬間に――不当な苦難の深淵から私を解放してくれた奇蹟と同様に理解できなかったのです。」

ザンクト・ペルテン当時の国語教師ツェーザル・フォン・ゼドラコーヴィッツ宛
一九二〇年十二月九日

死んでいた。自分の息子たちを亡くした後の今は、ヤロスラフは甥の幸福に特に心を掛けていた。彼はリンツのルネのために印刷工場主ハンス・ドゥロウーの家に宿泊先を世話してやり、この若者のため商業専門学校での職業教育によって市民的生存への道を開いてやることを望んでいた。たとえそれが商人としての職業にならないにしても、課程を良い成績で終了した後、若いリルケにはなお将校になれる可能性が存続していた。ルネの学校での成績は、その後も皆が彼からいつも期待していた通り〈秀〉であった。それにもかかわらず彼は一八九二年五月卒業試験を受けずに、商業専門学校を辞めてしまった。此の度家族の計画を妨げたのは病気ではなく、ある恋愛事件であった。リンツでリルケは二、三歳年上の子守女オルガ・ブルマウアーと知り合い、愛するようになる。二人の関係が明らかになった時、まずドゥロウーの家族が、その後ヨーゼフ・リルケとヤロスラフ・リルケが大騒ぎにしてしまった。電報でリンツに呼びつけられたヨーゼフ・リルケは息子に彼が一生涯忘れられなかった屈辱を与えた。ルネはドゥロウー氏の前に跪いて、この若い女性と二度と逢わないと、父に誓わなければならなかったが、二、三週間後ルネとオルガはヴィーンへ駆け落ちし、あるホテルに宿泊した。けれどもルネは宿泊人名簿へフルネームを記入する不注意を犯してしまったので、

〈武器を置け〉の呼びかけへの回答

何時の時代でも高貴な男たちには
彼らの努力の最も美しい、最高の報酬として、
真の男としてそして誠実な息子として祖国のために
闘い、争うことが、重要だ

だが、今日、戦の歌は消え失せてしまった
新しい　意気地のない時代がやって来る
哀れっぽく彼らは

この若い二人は二日も経たずに見つかってしまった。この突拍子もない情事で若いリルケはリンツでやっていくことが不可能になり、プラハへ連れ戻されてしまった。

この若い男の育成は徐々に家族にとって真の問題へと展開していった。ヤロスラフは人生にも、家族からも幻滅させられたけれども、これを最後に援助しようと言明した。彼は甥のために月々二〇〇グルデンの生活費を出すが、彼の寛大な心には非常に厳格な要求が付いていた。すなわちルネは先ず高校卒業試験に通らなくてはならない。そして後にヤロスラフの弁護士業務を継承できるように、大学で法学を学ばなくてはならない、という要求であった。ヤロスラフは甥の学歴上の失敗についての罪はゾフィー・リルケにあると見ていた。「ルネの空想は彼の母親からの遺伝の相続分で、彼女の影響によって病的に促進された。またそれが雑多な本を系統立てずに読書したことでさらに過熱してしまった。——早すぎた賞賛によって彼の虚栄心は高ぶってしまった。」ルネの空想についての否定的なこの所見をもって、ヤロスラフは活発化するルネの文学活動を当てこすった。一八九一年九月にヴィーンの［娯楽誌］が初めてルネの詩を掲載した。〈引き裾は今や流行だ〉——当時人々の心を掻き立てた、あるテーマについての凡庸な詩である。

つぶやく〈武器を置け、
もう沢山だ　沢山だ　私たちは争いを望まない〉
奮起せよ！　常に祖国を愛してきた御身たち、
同胞、友だち、兄弟たちよ
よく、気を付けるがよい〈置くべき武器など無い、
武器の無い平和など無いからだ〉

一八九二年の復活祭の頃同様に、あるヴィーンの雑誌にルネによって公にされた二作目の詩が載せられた。〈《武器を置け》の呼びかけへの回答〉、この詩の中で、駆け出しのこの文学者は、ベルタ・フォン・ズットナーの同名の本に対して非難している。公表された二篇の詩は、例えばシュテファン・ゲオルゲやフーゴー・フォン・ホフマンスタールの初期の出版作品との比較に耐えうるものではない。けれどもこれらはルネが集中的に読書し、とりわけトルストイの作品やシュロッサーの世界史を読んだこと、彼が足繁く劇場に足を運んだことや、今日まで未公開の二、三の小説や戯曲の舞台、後に彼の最初の詩集〈人生と小曲〉に入れられた一連の詩と共に、彼の人生目標の根本的な変化を示唆している。一八九二年の春までは彼は両親に繰り返し将校になりたい、と言明している。しかしその後、自分は詩人に、それ以外の何者にもなる気持ちは無いことが、彼にとって動かぬものとなった。これが伯父からの私的奨学金をもってプラハで高校卒業試験の遅れを取り戻す間、彼が徹底的に追求した目標であった。

一八九二年秋と一八九五年七月の間のぎりぎり三年はルネ・リルケにとって一心不乱の、ほんの短い夏休みによる中断があっただけの勉強の時であった。ルネは夫と別れて暮らしていた叔母ガブリエレの元に同居する。その家はヤロスラフ・リルケのものだった。朝早くから昼までヴァッサーガッセ十五番地では家庭教師がドアの取っ手をにぎっていた。というのはルネは取り分け八学級分全てのラテン語とギリシャ語を取り戻し、そして学期ごとにプラハ・ノイシュタットのドイツ系高校の試験に通らなければならなかったからである。一八九五年七月九日、彼は同校の卒業試験を「優秀な成績をもって」合格した。

これまでその下で生きてきた、絶えざる監督と比較すれば、十八歳になるかならずのこの若者は、殆ど考えられぬほどの自由を享受していた。彼は一人で暮らしていた伯母の元に住み、ゾフィー・リルケはその間にヴィーンへ移住していた。そして伯父ヤロスラフが一八九二年十二月に亡くなった後、その娘たちパウラとイレーネはルネのための奨学金を引き受けてくれたので、彼は少なくとも金銭上の点からは、見極めの付かぬ将来の心配をすることはなくなった。そして今や人生が彼に差し出してくれた自由を使う術を充分に心得ていた。最後の教師がヴァッサーガッセの家を去るか去らぬうちに、ルネはプラハ・ヴァインベルゲの砲兵隊将校の娘ヴァレリー・

9　ヴァッサーガッセ十五番地。左から二番目の家。ここにリルケは一八九二年秋以来彼の父の妹の、叔母ガブリエーレ・フォン・クッチェラ・ヴォボルスキーと住んだ。二階の、中庭に面した小さな一部屋が彼の住まいであった。ヴァレリー・フォン・ダーフィト・ローンフェルトはこの部屋を次のように記述している。「一条の日の光もあの部屋には射さなかったし、空気も向かいの家々が大小の絨毯を際限なく叩くことで穢れきっていた。」

10　ヴァレリー・フォン・ダーフィトーローンフェルト、1903年頃。P・ジィーモンのパステル画。

フォン・ダーフィト‐ローンフェルトの元へ急行した。彼女の母方の伯父は有名なチェコの詩人ユリウス・ツァイアーである。ルネは自分の机の前にいるより、品の良い趣のあるヴァレリーの部屋にいるほうが、はるかに熱中して宿題が片づけられた。ルネとヴァレリーはルネの従姉妹ギーゼラ・メーラー・フォン・メーラースハイムを通じて知り合い、たちまちお互いに熱を上げてしまう。ルネは定期的に彼女を訪問したのに、その〈愛するヴァリイ〉にほとんど毎日愛の誓いやら詩、それに彼の親類や先生の辛辣な肖像、さらに何度も何度も手紙を送った。その手紙の中で、将来に楽天的な若い物知り屋と活動的な文士の外面の背後には、抑鬱症が潜んでいることが明らかになる。ルネは情緒的な支えと精神の安定を求めていた。ヴァレリーはその両方を彼に与え、大袈裟に自分に捧げられた崇拝を楽しんだ。その上彼女は市民的生活共同体についての、また共同の芸術活動についての彼の想像のためのスクリーンにぴったりであった。

ぼくたちが初めて出逢った後で［一八九三年］一月四日

かわいい目は明るく、澄んで
かわいい歯はこんなに品よく、――
ばらの唇、カールされ巻いている髪、
かわいい手はこんなに小さい、
鐘の音のような笑い声 ――
君は素早く勝利を手にする！
ぼくはこんなに長く褒め称えたけれども、

ルネがヴァリイを愛する以上に必要としていたことが、ギュムナージウム卒業試験が首尾良く終り、新たな岸辺に向かって出発するとたちまち明白になった。一八九五年秋、彼は以前あれほど情熱的であった関係を、次のようなむしろ冷たい一通の手紙をもって終りにした。「愛するヴァリイ、自由の贈り物有難う。君はこの辛い瞬間においても、僕よりもはるかに偉大で高貴であることを示してくれた。……そしていつの日か君が友を必要としたら、その時はぼくを呼んでくれ給え、……君にとって、ルネ以上の友となりうる者はいない。」ヴァリイは彼を呼ばなかった。三〇年以上も後になって、彼女はルネが彼女に書き送った手紙を売却した際、二人で過ごした時代についての思い出を書き記し、そこで以下のことをほのめかすことによって、被った屈辱に対して復讐した。「リルケはひょっとすると同性愛者かもしれなかった。いずれにせよ、愛する能力は無かったし、その上彼が若かった頃は、嫌悪感を起こさせるほどひどく醜かった」と。

ヴァレリーの憤懣の程度は不当かもしれないが、にもかかわらず、それは全く理解できないわけではない。結局プラハで過ごした最後の数年間ルネの文学的活動を支持し、励ましてくれたのは、彼の母と並んで何よりもまず彼女であった。彼女は一八九四年秋シュトラースブルクのG・L・カッテンティット社から出版

決して充分ではない。

人柄はかくも魅力に満ちあふれて、ぼくは君を何と呼んだら良いか、選択がぼくには残されている――理想の姿だ！

ヴァレリー・フォン・ダーフィト・ローンフェルトに捧ぐ

した、ルネの最初の詩集〈人生と小曲〉Leben und Liederのための印刷費の一部分も引き受けてくれた。若いリルケは後の完成度の高いものへ発展させる言語手段――頭韻、行内韻、類韻、アンジャムプマン等――を知ってはいたが、これらの詩は、まだその目的に合わせて挿入する術は知らなかった。その詩作品のテキストの雰囲気は――著者の気分同様に――壮麗さと抑鬱状態の間を、恋人への憧憬と失恋の悲哀の間を揺れ動いている。テーマに関しては、感傷的な自然の印象が小賢しい警句や愛、苦悩そして死についてのメロドラマ的バラードが交互に現れている。自分のテーマについての詩人独自の観点は、真正の体験と同様まだ認識されてはいない。その様な次第で、リルケが後年この第一作をどの復刻からも除外したのは、少しも不思議なことではない。

後になって文学的営為とはかくも遠く、無関係に離れてしまう同じリルケが、ミュンヒェンへ立ち去る前の数年間、何という根気と才覚をもって自分の名前をプラハの文学者の舞台で有名にしようと努めたことか、そしてそれがどうやら成功するのだが、これがとても印象的である。自分の詩の出版に援助を得るために、

11　プラハでの高校卒業資格試験合格者リルケ、1894年頃。

彼は作家のフランツ・カイム、文学の教授アルフレート・クラールやアウグスト・ザウアー、そしてドーナウ王国の国境の外では、ベルリーンの著述家で編集者ルートヴィヒ・ヤコボウスキーを頼った。彼はヴァレリーとの別れの段階なのになおユリウス・ツァイアーとのコンタクトを維持していて、『ボヘミアのドイツ造形芸術家協会』と同様に、ボヘミアのドイツ作家・芸術家協会である『コンコルディア』の会員となっていた。そこで彼は版画家のエーミール・オルリークやフーゴー・シュタイナー、作家にして俳優ルードルフ・クリストフ・イェニー、画家カール・クラットナーなどとの友好的な関係を保持した。これらの協会での積極的、相互に贈り合う賞賛が、自己確認に飢えているルネ・リルケには良い効果を与えた。そして彼の詩を掲載してくれる、広がって行く雑誌の世界は、彼の自己宣伝が成功したのを実証した。だが結局のところ、地方的な評価だけでは彼は満足しなかった。それを大学で学び始めた後の彼の活動が悟らせたのである。一八九五年の冬学期、プラハのドイツ語系カール-フェルディナント大学に入学手続きをとり、美術史、文学史そして哲学に登録した。しかし彼は友人関係を以前より更に徹底して文学者、演劇人、芸術家の中に求

プラハ大学は一三四八年皇帝カール四世によって設立された。その所在地はカロリング王朝の地である。この大学は旧ドイツ帝国の中で最初の大学であった。一八八二年大学はドイツ系施設とチェコ系施設に分離した。ドイツ系学生たちはアイゼンガッセを通って建物に入り、チェコ系学生たちはオストマルクト側の入り口を通って入った。リルケの学生時代、後のチェコスロヴァキアの初代大統領トマス・カリギュウ・マサリクがここで教鞭をとった。リルケと並んで世紀転換期の最も有名な大学生はフランツ・カフカであり、彼は一九〇一年から一九〇六年まで法学・国家学研究室Rechts- und Staats-wissenschaftliches Seminarで学んだ。

めていった。

かように強い行動主義にもかかわらず、リルケが詩人として成長したことを、一八九五年クリスマスの頃に出版された第二詩集〈家神への捧げもの〉Larenopferが証明している。タイトルはここに収められた詩と、民衆そして郷土との結合を象徴している。すなわちローマ人たちがラレスという家庭や耕作地の守護神たちに生け贄を捧げるように、詩人は生まれ故郷の街プラハに、ボヘミアの故郷とボヘミアの民衆に彼の作品を供え物として捧げたのである。言葉に関しても、文体の上でも〈家神への捧げもの〉は決定的な、更なる発展を表している。技術に裏打ちされた優雅さが加わった。リルケの言語はしなやかになる。取り分け目に付くのは、いくつかの末尾音節に韻を踏み、その韻の中に通常でない音の結合を試みる傾向があり、例えば外国語を脚韻として利用したり、流麗な音調のアンジャムプマンの中に強音を組み入れる、といったことである。この詩集にとって特徴的なのはリルケの現実性の捉え方にあり、特に詩集の三

分の一以上を占めるプラハの描写の手際にある。更に歴史的人物とか同時代の芸術家たちを歌った詩における扱いである。〈スミーホフの裏で〉Hinter Smichov の『下層の人々』、労働者たちの日常も次のように表現される。

暑い夕映えの中を
工場から　男たち、娘たちが出て行く――
その賎しい　むっとする額には
汗と煤をもって労苦が書かれていた。

顔つきはぼんやりして、目の光は
失せてしまった。重たげに靴底は道を引きずり
音を立てる、そして土埃が吹き抜け、
たえまぬ騒音は宿命のように彼らの後を追う。

この試作は、リルケが社会のアウトサイダーに対する彼の距離を、如何に僅かな程度でしか放棄出来なかったか、また社会の弊害を明らかに示そうとする彼の

12　プラハ。カレル橋の架かるモルダウ河への眺め。背景はフラチン宮殿。アルバート・ヘンリー・ペイネ（1812―1902）の彩色鋼版印画。H・ビビー1850年頃の絵画によったもの。

関心が如何に些細なものだったか、を表している。リルケは個人個人の運命を社会的に制約された者の運命と認めることに、まさに反感を抱いていた。これは〈家神への捧げもの〉のリルケのみならず、〈時祷詩集〉や〈マルテの手記〉、〈若き労働者の手紙〉における、その他手紙の中の発言における貧困の描写にも当てはまるのである。リルケの、貧しい人々や公民権を剥奪された人々との文学的連帯の試みは――彼の〈ヴェークヴァルテン〉Wegwarten構想とか自然主義的戯曲のジャンルでの試みだが――やはりいずれも長続きせぬ性質のものだった。

《民衆に贈られた歌》Lieder, dem Volke geschenktというサブタイトルが付されている〈ヴェークヴァルテン〉の第一輯は、〈家神への捧げもの〉の出版の直後リルケによって編集されて、二十一篇の詩が収められている。リルケは貧しい人々に文学を理解させせようとの理想主義的意図をもって、病院や民衆に、そして職人組合にこの冊子を贈り物として無料で配ってしまう。この思いつきは新しいものではなかった。リルケ自身彼の最初の書評の一つで、スイスの社会民主主義詩人カール・ヘンケルの〈ひまわり〉と名づけられた叙情詩入りのビラを紹介しており、そのビラは無料で配られはしなかったが、誰もが買えるほど安かったのである。〈ヴェークヴァルテン〉の第二輯は一八九六年四月に出た。その内容は〈今、私たちが死に絶える時〉Jetzt und in der Stunde unseres Absterbensという一幕物の戯曲であって、数ヶ月後プラハ・ドイツ民族劇場で初演された。それからリルケはドレースデンの作家ボードー・ヴィルトベルクと共同で第三輯を出版する。それには十三人の作家が寄稿したが、それらの人の名前はプラハ時代のリルケの文学的関係を反映している。一八九六年十月のこの時点で、勿論〈ヴェークヴァルテン〉はもはや貧しい人たちのためのものではなくなっていた。ヴィルトベルクはその間、プラハの若い作家たちを糾合し、それが更にはプラハとボヘミアを越えた彼方の同志も受け入れる文学者同盟に対するリルケの情熱を掻き立てた。〈ヴェークヴァルテン〉はこの同盟の中心機関誌となる予定になっていて、同盟の会員たちには取り分け冊子を頒布する義務が課せられることになる。自然主義の環境描写は勿論もはや予定には組まれることなく、むしろ純粋な気分的抒情詩が告知されている。同盟の正式な設立には至らず、〈ヴェークヴァルテン〉のその後の号も同様に進展はなかった。リルケはなるほど第四輯を目論んではいたが、その冊子のために、ラスカ・ファン・エステレンの心を獲得しようとした。彼女は特に彼から短期間のうちにも「男爵令嬢」と熱烈に呼びかけられてはいるが、文学的には殆ど登場することはなかった。リルケはミュンヒェンに移住した後、早々に別な計画が心を占めていったので、それらの計画には文学者同盟も協会組織ももはや合わなくなってしまった。

リルケは劇作家としては殆ど知られていない。だがそれでも戯曲十四篇、乃至劇や演劇的場面が彼によって書かれた。演劇史に残る意味での成熟した戯曲は匆論リルケの戯曲作品の中には見出せない。一九〇〇年ベルリーン‐シュマルゲンドルフで書かれた〈家常茶飯〉**Das tägliche Leben** は二幕物で、彼の劇作品の中では最も長いものである。〈早霜〉**Im Frühfrost** は三幕である。彼は劇作家としての生得の才能を自在に駆使したのではなかった。そこで彼は三つの異なった模範を次々に立てて努力した。その中の二篇の独白心理劇〈ムリーリョ〉**Murillo** と〈結婚式のメヌエット〉**Die Hochzeitsmenuett**、この二篇は一八九五年に出版されたが、それらは今日殆ど忘れられているリヒャルト・フォン・メーアハイムプに範を採っている。プラハ時代の最後の年リルケはもっぱら自然主義劇作家としてゲールハルト・ハウプトマンの文体を試みた。〈今、私たちが死に絶える時〉は貧困、病気、死、近親相姦を巡る、ぞっとする話で、一八九六年プラハで上演されたが、不評を買った。それに反して好意的に受け入れられたのは、その一年後の〈早霜〉であって、演劇の分野におけるリルケの恐らく最も注目すべき成果であろう。リル

〈ヴェークヴァルテン〉第三輯に招集された作家たち
グスタフ・ファルケ、ルートヴィヒ・ヤコボウスキー、プリンツ・シェーナイヒ・カーロラート、クリスティアン・モルゲンシュテルン、ヴィルヘルム・アーレント、フリードリヒ・ヴェルナー・ファン・エステレン、ハンス・ベンツマン、ヘルミオーネ・フォン・プロイシェン、マルティーン・ベーリッツ。

ケはこの脚本をすでに名をなした劇作家マックス・ハルベやヴィーンの演劇出版のドクターＯ・Ｆ・アイリヒ、勿論ルードルフ・クリストフ・イェニーにも手紙を添えて送り、話題に持ち込んだ。彼自身はこの戯曲の初演の際その場におらず、ルー・アンドレーアス‐ザロメとヴォルフラーツハウゼンに滞在していた。そこで『ルネ・リルケ』は『ライナー・マリーア・リルケ』となったのである。

リルケの戯曲の第三のグループ、それには〈母さん〉Mütterchen（一八九六―一八九七）、〈家常茶飯〉（一九〇〇）そして抒情劇〈白衣の侯爵夫人〉Die weiße Fürstin（一八九八―一九〇四）が属すが、これらはベルギー人のモーリス・メーテルランクの戯曲に強く影響されていた。テーマに関しては、リルケの劇作品全ては愛と死を巡っていて、ある時は一方が、ある時は他方が全面に出てくるか、あるいは〈白衣の侯爵夫人〉のように、両者が結びついているものもある。リルケの劇作品のいずれも納得させられる力量は無いにせよ、それらは作品内在的解釈には正しく有益である。彼の戯曲での中期の作品では、休息つまり沈黙が所作を増やして行きながら、意味を獲得するのだ。雰囲気や気分は抒情詩人リルケにとっては性格より重要に思われる。そして筋書を解体するさまざまな力は大抵は沈黙されているし、時には暗示されるにとどまるが、言葉で言い表されることは

13　1896年のリルケ。友人エーミール・オルリークの戯画。オルリークはリルケの初期の作品一つ一つに挿絵を画いた。

決してない。そのような描写法についてのモチーフは言語に対する深い不信がある。人生の本質的な体験は言葉では伝達され得ない、という確信を――後期の作品における《世界内面空間》の観念の基礎であり――リルケはメーテルランクと共有していたが、リルケによって非常に高く評価されていたデンマーク人　イエンス・ペーター・ヤコブセンとも共有していたのである。

極めて短期間に若いリルケはプラハの文学者や芸術家のサークルの中で活動し、文通によって、また個人的に、更には相互の好意的批評をもって交際を結び、利用することを学んだ。一八九六年の末彼はともかく故郷の街で、遙かに年上のひどい経済的な困窮状態にある詩人デトレフ・フォン・リーリエンクローンのための朗読の夕べを、彼自身満足して友人のヴィルヘルム・フォン・ショルツに報告したところでは、「物質的にも理想的にも」成功に導いたほど充分有名になった。この若い詩人が企てる全ては成功するかに見えた。そして乗り越えねばならないわずかな失敗も――例えば、破綻した計画L・G・カッテンティト社の雑誌「若きドイツと若きエルザス」のオーストリア別冊版の出版だが――これらの失敗も彼の活動意欲を押さえることは出来なかった。プラハでの最後の年の何時か、ルネ・リルケは行動性と行動主義の間の境界を踏み越えることになろう。安らぎを

「ほんとうに何故プラハはそんなに陰鬱な街なのでしょうか？　……私はこの地で幼年時代を過ごさせられました。それはあたかも幼年時代の後にはいかなる生活も続くことはないかのように、そんなに奇妙に整えられておりました。……本とだけでどうしたら上手に孤独で過ごせるかを、私に教えてくれる人がいたならば、今私はその人に対していかなる愛を、いかなる祝福を心の中に抱くこ

失い、彷徨うことになろう。彼は文学生活の中心にあったが、内面の中核が無かった。プラハの表向きの文化生活に対する不快感は増大し、それがオーストリア的なもの全てに対する、次第に募ってくる反感と結びついた。家族の絆は弛緩していたのに、重荷になっていた。従姉妹たちによる経済的な支援に依存しながら、ルネは自分が妥協に応じ、彼にとっては故郷でも無く、彼らの小市民的な期待をもって彼を圧迫する家族の中へ再三入るよう迫られていると感じていたので、リルケは短編〈祭日〉や〈エーヴァルト・トラーギー〉の第一部の中で彼らを微笑ましくも、また専制的にも描写することになる。その上母が再びプラハへ戻り、彼の生活に干渉して、それが彼にとって真の災難となった。彼には数多くの知人がいたが、親友はいなかった。ラスカ・ファン・エステレンに夢中になったが、直ぐその後、女優のイェニー・カールゼンに熱を上げる。これらの女性たちから一体何を期待しているのか、自分自身でもはっきりとは分からないのだ。ブダペスト、ヴィーン、バート・イシュルそしてドレースデンへの無計画な旅行を企て、その後故郷の街へ戻ってきたが、そこは何処も彼処も彼に幼年時代を想い出させたのである。結局家族の期待に対して最後の譲歩をして、一八九六年聴講生として法学‐政治学部 Rechts- und Staatswissenschaftliche Fakultät に入学手続をとった。

とでしょう。……私の神経を調えてくれた辛い無為の時期全ては、当時私の身に付せられた空虚に起因していることは、疑えません。」
ジドーニエ・ナートヘルニー・フォン・ボルティン宛
一九一二年三月八日付

しかし決定は九月に下され、ルネ・リルケはミュンヒェンに移住することになる。

ミュンヒェン、ベルリーン　そして　ロシア

私は当時の私たちのオーストリアの状態を貴方に物語ることはできません。（それに一八八〇年代の災をもたらす虚偽と混乱が加わりますと）この状態は見放された、死に瀕したものだったに相違なく、私の本能は自分にこう言い聞かせました。この状態から、人生が私のために考えてくれたかも知れないものの中へ成長する、あるいはそれを乗り越えて成長するのは、力の限りを尽くし奮闘しても全く不可能なことなのだ、と。

ルードルフ・ボートレンダー宛　一九一二年三月十三日

イタリア・オーストリア戦争
一八六六年イタリアはオーストリアに対抗してプロイセンと軍事同盟を締結する。クストッァとリッサでのオーストリア側の勝利の後、フランスの支援とボヘミアでのプロイセンの勝利のせいで一八六六年十月ヴェネチアはイタリアに帰属して（ヴィーン講和条約）、イタリアは南チロールとイストリアを断念する。オットー・フォン・ビスマルクによって押し通された平和条約がプロイセンに、ザクセンとヘッセン・ダルムシュタットを除くマイン河以北の全てのドイツの敵対する領主国の併合、及び北ドイツ同盟の形成を可能にした。
（一八六六―一八六七）

リルケが生まれた祖国は民族国家の時代にあっては時代錯誤であった。ハープスブルク家のオーストリア‐ハンガリー二重帝国 Die Habsburger Doppelmonarchie Österreich-Ungarn, k. u. k. は現代の四つの国家、即ちオーストリア、チェコ、スロバキアそしてハンガリーの全領域と、それに加えて嘗てのユーゴスラビア、ルーマニア、ポーランドのかなりの部分、更には今日のイタリアや嘗てのソビエトの比較的小さな領域をも包含していた。領土的拡張からだけではなく、経済的にも、政治的にもオーストリア‐ハンガリーは大国であった。というのは、ヨーロッパの至るところ産業革命によって引き起こされた構造変化がこの国でも広がり始めたからである。構造変化とは、即ち独占の形成、金融資本の成立、資本輸出の意義である。しかし暮らしの富の分配は極めて不平等であった。ボヘミア、モラヴィア、シュレジア、上部シュタイアーマルクにヴィーン及びヴィーンの盆地は一九一四年の大戦勃発時までに高度に産業化された地域に変わったが、一方ガリチア、ブコヴィナ、スロバキア、ジーベンビュルゲン、クロアチア、ボスニアそしてハンガリー領の低地は全く発展しないまま取り残されてしまった。大きな地域的な差は、極めて尖鋭な民族的矛盾の事態にあった多民族国家としてのドーナウ王国の性質によって高度

「国民の通常法の上位にある一八六七年十二月二十一日の国家基本法のあの有名な十九条には、一方的なヘゲモニーが巧妙に隠されていて、なるほど地方で普通に使われている言語の同権を学校や役所や公的生活で……正当と認知されているが、この同権を最後の項目で間接的に破棄している。それによると、幾つかの民族が居住している地方においては、第二の国語の習得に対する強制力を用いることなく、これらの民族のいずれもが各自の言語の涵養のための必要な手段を得られるように、公的な教育施設が設

の爆発能力の爆薬となってしまった。

一九世紀後半ドーナウ王国の比較的小数民族は――チェコ人、ポーランド人、マジャール人、クロアチア人そして南スラヴ人のことだが――文化的自己実現に対する彼らの要求とそれより更に大きい政治的自主独立を主張し始めた。一八六六年のイタリア‐オーストリア戦争の敗戦後、皇帝フランツ・ヨーゼフは遂にハンガリーから要求されていたアウスグライヒ《均衡》に同意する。事実上二つの独立した国家形態を創り、王国を不平等に二分割した。つまりハンガリー王国と全て残りの領域をもったオーストリアに分けたのである。外交、経済、軍事政策は今後オーストリアとハンガリーが共同して具体化した。その他全ての分野では――立法、内政、司法、経済、農業、国防、商工業、文化と教育では――この二つの国家は互いに全く独立していた。憲法で厳粛に公布された国民の権利の平等については、現実には勿論殆ど認められなかった。この有力な両国民、即ちドイツ人とマジャール人である［国家を構成する主要］国民 Staatsvolk は経済的及び政治的特権を享受していたが、他の民族の国民の努力は、抑圧したのである。フランツ・ヨーゼフ一世はその後も軍官僚組織の支持を受けて彼の多民族国家を纏めていったが、しかし権威主義的、権力国家的構

置される［べきである］……というのだ。しかし事実ドイツ人たちはチェコ人たちのような、そのような……〈召使い〉の言葉を学ぶよう勧められることも、準備もなかった。また非ドイツ系の少数民族はドイツ語を身に付けなければ、彼らが公的生活において成功する見込みなど無かったのである。さように十九条はこの方法で、ドイツ・オーストリア人たちの優位の強化に貢献した。」

ハンス・ハウトマン《血のくつろぐもの》「世紀末・世紀転換期一〇〇年」一九八八年から

造の改革を成し遂げられなかった。上昇する生活の豊かさ、比較的ではあるが二重帝国の政治的な自由と法的安定性に授かっていた国民の階層は、彼らの個人的な生活の個性化について妨げられることは殆どなかった。彼らは安定と安全という感情を抱いて暮らしていた。この感情は今日に至るまで、「小さい世界（＝下流階層）のノスタルジーの輝きの中に働き続けていて、この小さい世界に大きな世界（＝上流階層）は彼らの試験を行うのだ。」（フリードリヒ・ヘッベル）中心としてのヴィーン、ブルク劇場、〈皇帝円舞曲〉、そして〈ヴィーンの森の物語〉、堂々たる威厳を保ちあらゆるものの上に、あらゆる人々の上に君臨する皇帝についての試験を。しかし国籍や社会的地位に基づいて特権を得た人たちに加えられない者は、多くはこの奇妙な国家体制の不快な側面ばかりを感じとらされた。官憲に正当と認知され、洗練された社交上の礼儀作法によって和らげられた、しかし時には明らかに残酷な専制政治――それをオーストリア社会民主党の創設者ヴィクトール・アードラーは「だらしなさによって和らげられた絶対専制主義」Absolutismus gemildert durch Schlampereiと呼んだ。

二重帝国の時代錯誤の政治的憲法と社会的構造との、考えられ得る最大の対比を成したのは、世紀転換期の建築、絵画、彫刻、文学、音楽、工芸、学問の壮麗な繁栄であった。オットー・ヴァーグナーの建築物、グスタフ・マーラーのシンフォニー、オスカル・ココシュカの絵画、ジークムント・フロイトの人間心理についての洞察、カール・クラウスの機知の鋭い論争、フーゴー・フォン・ホフマンスタールの詩、アルトゥーア・シュニッツラーの戯曲――これら全ては進歩的で、未来を指し示すものであり、ヨーロッパ文化の不変の富であった。これらの成果を可能にしたのは、恐らくまさに多面体の社会の持つ緊張と矛盾であったかも知れない。限定の姿勢、あるいは社会的規範に対して批判的に距離を取ったことから規範との一致の感情は稀になった。

リルケの生誕の街プラハはドーナウ王国の社会的な紛争の中心では全くなかったというわ

14　オーストリア皇帝（1848—1916）にしてハンガリー国王（1867—1916）、フランツ・ヨーゼフ一世、1864年頃。フランツ・クサファー・ヴィンターハルター（1805—1873）の油絵。ヴィーン、ホーフブルク所蔵。

© 2007 by ProLitteris, CH-8033 Zurich & SPDA, Tokyo

15　「異教徒たち」オスカル・ココシュカの絵画、1918年　ケルン。ライプツィヒ美術館所蔵。

けではない。ドイツ人たちとチェコ人たちとの共生はオーストリア＝ハンガリーのヴィーン、ブダペストに次いで第三の大都会で、長い間にも問題なく行われていた。約一八五〇年までプラハではドイツ人の人口が優位を占めていた。チェコの労働者のプラハ工業地帯への流入によって八〇年代から一九〇〇年までに人口三〇〇、〇〇〇人のこの街はほぼ四五〇、〇〇〇人に増大した。ドイツ人は数の点では少数民族となったが、

「世紀転換期のヴィーンにおける造形芸術と建築の地位と国際的意味は、クリムト、ロス、オルブリヒ、ヴァーグナー、ホフマンといった名前によって明確にされている。またヘルマン・バールやルートヴィヒ・ヘヴェシーのような批評家たちによって、あるいは雑誌［ヴェール・サクルム］（聖なる春）とか分離派と彼らの展覧会によって明確にされている。一八九八年一月には既にオーストリアの造形芸術家たち、つまりグスタフ・クリムトの周囲の人たちは［ヴェール・サクルム］に独自の機関誌を創った。雑誌ヴェール・サクルム以上に新しい芸術意欲の目に見える象徴となったのは、ヴィーンの分離派だった。分離派は――一八九七年に設立

依然として文化的、経済的そして政治的な権力者層を形成していた。「それらは富裕な市民たち、褐炭鉱の所有者たち、鉱山企業の、シュコダの兵器産業の監理委員たち、ザーッと北アメリカの間を往復するホップ業者、砂糖や繊維、紙の工場主、銀行頭取たちであった。更には彼らの範囲内で交際していたのは教授たち、中堅の士官や官僚たちであった。ドイツ人のプロレタリアートは殆どいなかった。二五、〇〇〇人のドイツ人、それはプラハの全人口の五パーセントにすぎなかったが、彼らには二つの豪華な劇場、巨大な音楽堂、二つの単科大学、五つの高等学校、四つの実科高等学校、朝夕発行される二つの日刊新聞、クラブの建物、活発な社交生活があった。」（エーゴン・エルヴィーン・キッシュ）

スラブ人たちの周辺の世界との接触も維持できず、本来のドイツ語圏からも切り離されている、プラハ在住のドイツ系少数民族が孤立して、真空の空間の中で生きているかのような感じをいよいよ抱くことになる芸術家が先ず苦悩し始める。特に作家たちが――例えば、フランツ・カフカ、エーゴン・エルヴィーン・キッシュやフランツ・ヴェルフェルが――彼らの母国語の硬直化と不毛化に直面して自分自身に対する疑いに

され、――一八九八年春彼らの最初の、圧倒的な成功を収めた、皇帝フランツ・ヨーゼフも参観に訪れた展覧会を成就させた。五七、〇〇〇人もの人びとがこの新しい芸術家たちの作品を観たのである。同年の中にも……彼ら自身のオットー・ヴァーグナーの弟子であるヨーゼフ・マリーア・オルブリヒによって建てられた建物が開館した。ヴィーン川畔の白い館Weißes Haus an der Wienのための銘文を芸術批評家ルートヴィヒ・ヘヴェジーが【時代にはその時代の芸術を、芸術に芸術の自由を】と表記した。」

ゴットハルト・ヴンベルク編〈ヴィーンのモデルネ。一九八〇年と一九一〇年の間の文学、芸術そして音楽〉一九八一年

陥った。プラハのドイツ語作家は、フリッツ・マウトナーが嘆いた通り、「本当の母国語がない」と思われた。彼の多年に渡る支持者アウグスト・ザウアーに対してリルケは――彼らしく一文の中で、統語法と隠喩法が彼のコントロールから逸脱してしまうのだが――自分自身の言葉を見出すためには、プラハの狭隘さから解放されることが是非とも必要だったのです、と強調した。「互いの身体にとってためにならない言葉という肉体と、言葉の肉体の不幸な接触が私たちの国においては、結果として言葉の縁が絶えず悪化して行くことになるのです。その悪化から更に以下のことが明らかになります。つまり、プラハで成長した者は、小さい頃から言葉の腐ったごみをもって育てられたので、後になって彼に教えられた最も成熟したもの、最も情愛のこもったもの全てに対して不快感、一種の気恥ずかしさを発展させてしまうことを自身に禁じ得ないのです。」（一九一四年一月十一日の手紙）

二

ドイツ語圏のモデルネの三つの中心地から――つまりヴィーン、ベルリーンそしてミュンヒェンから——リルケはプラハからの別れの後、さしあたり極端への傾向が最も少ない処に決定した。けれどもミュンヒェンもまたプラハの文化生活の見通しの良さと予測の付きやすさに慣れていたこの二十歳台の若者にとっても、まだ充分混乱させるものであった。そこでは文学の場面でも浅薄な大衆文学の制作者たちが自然主義者たちと対立していたし、例えば、シュテファン・ゲオルゲ、フーゴー・フォン・ホフマンスタール、リヒャルト・フォン・シャウカルやオットー・ユーリウス・ビーアバウムといった革新的な抒情詩人たちはNeutöner《新奇で人の耳目を引く輩》だとして物笑いの種にされた。劇場ではゲールハルト・ハウプトマンとヘルマン・ズーダーマンが大成功を収め、そしてフランク・ヴェーデキントは体制側を挑発した。それと並んでゲオルク・ヒルシュフェルトとかエルンスト・ヴィルデンブルックのような、ただ完璧を期する故に辛うじて文学史のなかに言及されているにすぎない劇作家たちの作品も演じられ大成功を収めた。そして前世紀末のドイツの大散文家たちの中にも世代交代がきわだって明確になってきた。それはミュンヒェンにおいても激しく議論されたのであった。ヴィルヘルム・ラーベやテーオドール・フォンターネは彼らの晩年の作品を出版したが、他方トーマス・マンやヘルマン・ヘッセは傑出したヨーロッパの小説家の列中に彼らの席をまさに獲得し始めたのであった。

リルケはミュンヒェンでの最初の数ヶ月間、故郷から離れて学生生活を楽しんだ。彼は先ずブリナー通り四十八番地の一階の二部屋に住んだ。それから一八九七年の初め芸術家地区シュヴァービングに更に近いブリューテン通りに引き移った。父は彼に〈月々の生活費〉Monatsgeldを与え、ヤロスラフの娘たちパウラ・フォン・リルケとイレーネ・フォン・リルケはしぶしぶながら、定期的に援助資金を払い続けた。この資金は彼女たちの従兄弟が法律家になるための教育に役立てることになっていた。しかしその彼は全く別なことを心に抱いていた。彼は哲学の学生としてミュンヒェン大学に入学手続きをとり、「ルネッサンス期における造形美術史」の講義や美学、ダーウィンの理論についての講義を聴講した。彼はさまざまな、だんだん多くなる地域の枠を越えた雑誌に継続的に詩を発表していって、新たな関係を築いた。年上の世代の作家たちと――リーリエンクローン、ルートヴィヒ・ガングホーファーそしてリヒャルト・デーメル――リルケは何よりもまず手紙による関係を結んだ。同年代の人たちとは大学で、カフェー・ルイトポルトで、劇場で、あるいはシュヴァービングで、ほとんど毎日催される文化的上流階

デートレフ・フォン・リーリエンクローン（一八四四―一九〇九）、詩人。プロシャの将校として一八六六年と一八七〇年―一八七一年のそれぞれの作戦行動に従軍した。その後行政官やケリングフーゼンの教会保護者（Kirchspielvogt）。彼は瞬間の気分をその詩の中に留めた。詩と並んで短編、長編、戯曲も書いた。

ルートヴィヒ・ガングホーファー（一八五五―一九二〇）小説家。彼の娯楽小説の中では特に上部バイエルンの人間と風景が描かれている。ガングホーファーの長編の多くが映画化された。例えば〈森の中の沈黙〉は一八九九年に映画化。

級のさまざまなパーティーで出逢った。彼のミュンヒェンでの交際範囲には、プラハからの友人エーミール・オルリーク、若い作曲家オスカル・フリート、ラスカ・ファン・エステレンの兄弟ヴェルナー、姉と一緒にリルケの素晴らしいポートレイトを撮って有名になったアトリエ［エルヴィラ］を経営した女流写真家マチルデ・ノーラ・ゴウトシュティッカー、それにフランチスカ（『ファニー』）・フォン・レーヴェントロフ、彼女は北ドイツの貴族の女性で、両親と結婚から逃走した後、作家として何とか暮らしていた。彼女には子供がひとりいたが、その子の父親の名を頑に明かそうとはせず、シュヴァービングの芸術家サークルにとってすら並はずれて奔放な素行を貫いた。

リルケは新しい人間、新たな印象を常に探求し続けた。彼は心霊主義者カール・ドゥ・プレルの著書を読みふけり、詩、劇的場面そして書評を書き、プラハに残っている者たちには最新のゴシップを送り届けた。これはリルケのミュンヒェン大学生時代の一面であった。だが別な面も存在する。というのは若いリルケがプラハから持ち込んだものは、詩人としての才能、感激する能力、行動意欲ばかりでなく、自己懐疑であり、抑鬱であり、内面の安らぎへの切望でもあったからだ。シュヴァービングの光景で騒々しく荒れた生

エーミール・オルリーク（一八七〇―一九三二）画家、版画家。彼はエッチングによる肖像画、色彩木材の彫刻、その他多くを創作した。一九〇五年以降オルリークはベルリーン工芸美術学校の教授に就任。ベルリーンの地でラインハルトの舞台のためにも活動した。

オスカル・フリート（一八七一―一九四一）作曲家、指揮者。最初は苦労したが、一九〇四年〈酩酊の歌〉をもって注目され、彼は現代音楽の主導者の一人と賛美された。しかし彼は地位を固めるには至らなかった。一九三四年チィフリスへ亡命。オペラの指揮者となった。

活は若者にとって心ときめかすものであったが、ボヘミアンのそれは生活形態として彼には適していなかった。彼がミュンヒェンで知った芸術家のさまざまな方向は多様であったが、そのうちのひとつに加わるのは避けた。芸術は彼には次第に自分自身の解放への媒体へと展開していったが、芸術はグループの利害関係の下での隷属とは合わないのだ。リルケは人間の、芸術家の自由に対する憧憬のための叙情的な表現を獲得しようと苦闘していたのだ。しかし大抵の場合それは――〈カール・ドゥ・プレルのための詩〉におけるように、――憧憬の荘重な文言化にとどまった。若い詩人の精神状態にとっての徴候を示したのは、一八九六年十二月出版された彼の第三の詩集〈夢を冠に〉であった。リルケは前の、〈家神への捧げもの〉では強く外界に向かっていたが、彼はこの新しい詩集で全く自分の内部へと引きこもり、宇宙の中心に対する自己の夢想的な感情を詩の形式で表現したのであった。〈夢を冠に〉の詩の抒情的自我は依然として漠然としたままであって、為す術もなく彼自身の感情の揺れに身を委ねてしまったかに見えた。そして己の賛美と選ばれた存在であることの夢想によって、詩をもっての現実との係わりの埋め合わせをした。

リルケは人間としての、そして詩人としての彼独自の道がまだ見出せないことを知っていた。〈エーヴァルト・トラーギー〉の第二部で彼は最初のミュンヒェン時代の葛藤を描いている。探究者であるトラーギーは作家タールマンの仮借無い批評を必要としていた。このタールマンにとって文学とは、独りよがりの自己中心主義から自己を解放するための仕事を意味していた。〈エーヴァルト・トラーギー〉の中に出てくるタールマンの形姿の裏には、ヤーコプ・ヴァッサーマンが潜んでいた。リルケが彼とミュンヒェンで知り合ったのは、彼が丁度長編〈ツィルンドルフのユダヤ人たち〉を書き終えた時だった。ヴァッサーマンは読み物としてドストエフスキーやツルゲーネフを、特にデンマーク人イエンス・ペーター・ヤコブセンの長編小説〈ニールス・リューネ〉(一八八〇年)を薦めた。当時リルケがそれによって活動した《抒情的曖昧さ》に対する薬としてこの長編を薦めたのである。リルケは自分に良い本を尋ねるどんな人にもこの作品を読むことを薦め、このヤコブセンの中に、彼は精神のそして心の血縁者を発見し、その者には《独自の死》、《生命ある事物》、《人間の止め難い孤独》の見解が前もって刻み込まれているのに気づいた。抒情的要素、自然主義の精密さ、そして宗教的な形象性といったもので構成されているヤコブセンの散文もまたリルケに大きな影響を及ぼしたが、特に〈マルテの手記〉の執筆中大きな影響を与え続け

カール・ドゥ・プレルのための詩

ぼくは青白い彼方から
暮れゆく領地内へ入っていった
そして青白い星々へと
憧れがぼくを誘った

他の誰一人
ぼくの遥かな目的を理解しなくても
ぼくは歩きながらひそかに歌う
すると——ぼくの心は成熟してゆく

ミュンヒェンにて、一八九七年一月十七日

民衆、怠惰で物憂い民衆が
昔なじみの足取りで急ぐとき、
白い遊歩道を　花咲き匂う垣を通り
私は歩いて行きたい
神であるかのように厳かに、孤独に
輝き煌めく遙かな遠方目指し
明るい報いを意識して
緩やかに歩きたい
額のあたりに冷たい花を受け
安息日のような静かな胸は
子供たちのように無垢の神話で満ちあふれて
〈夢を冠に〉から

た。

リルケは彼の創作活動を新たな方向へ向ける精神的刺激をヤーコプ・ヴァッサーマンから与えられた。彼はしかしまた別なことも、つまりある女性との出会いもヴァッサーマンのお蔭を蒙っている。その女性は時間、空間の別離にもかかわらず彼の生涯に渡って固定した関連を保持し続けた少数の人物の一人であった。

三

ルー（ルイーゼ）・フォン・ザロメ Lou (Louise) von Salomé は将軍グスタフ・フォン・ザロメと彼の若い妻ルイーズ・フォン・ザロメ、旧姓ヴィルムとの娘であった。母ル

とにかくリーリエンクローンの作品の詩的影響は強く私の中にも作用したのに相違ありません。一方では彼が、他方ではヤコブセンが、未熟で閉め出されていた私に、身近な物のうちで、如何なることがあろうとも存在する事物を最も遠方への跳躍から獲得することがどうして可能になるのか、そしてこの跳躍によってあの素晴らしい自負心の体験へと、如何にして神経を集中できるのか、を最初に私に打ち明けてくれました。この自負心の中で極めて不安定な自我が全てのあり得る真価の承認よりも決定的に見える一つの関連の価値を獲得したのです。

J・P・ヤコブセンにつきましては、後になってもなお、多年に亘って彼から言葉では言い尽くせぬものを体験しましたので、彼は

イーズはある裕福な、ドイツ－デンマーク系の家庭の出であった。ルーは聖ペテルスブルクで生い立ち、チューリヒ工業専門学校 Polytechnikum Zürich で哲学、神学、比較宗教学、美術史を学び、そして母とともにヨーロッパ各地を旅行した。彼女がまだ自分の著作で頭角を現わす前に、ヨーロッパの知的なサークルはこの極めて知的な、自負心の強い、並はずれて魅力的な若い女性に注目したのである。リルケが彼女と知り合った時、ルーは自伝的小説、ニーチェの伝記、ヘンリク・イプセン劇の女性像、更には数多くの論文や書評の著者として広く知られていて、当時の最も魅惑的な人物の一人と目されていた。彼女が同時代の人々にとって魅惑的なのは勿論彼女の知性の故ばかりでなく、彼女の多くの恋愛事件の故でもあった。それはとりわけ倫理学者パウル・レーとの、フリードリヒ・ニーチェとの、フランク・ヴェーデキントとの、そしてリヒァルト・ベーア－ホーフマンとの恋愛沙汰である。ルーの少なからぬ友人たちにとって彼女との関係は深い絶望の中に終わった。何故なら始まりも終わりも、関係の緊張の度合さえも彼女自ら決定しようとすることが、彼女の独自性の一つで

あの最初期の私にとって何であったかを、欺瞞や捏造なしに確定することは今なお出来ないと思います。なおもパリ時代に至るまで彼は私にとりまして精神の同伴者であり、私の心の中では生きた存在でしたので、――彼がもはやこの世に生存していないことが私には時々堪え難い欠損のように思われました。しかしなお彼を知ったことの、まさにこの稀な強要が私の心の中に早くから死者たちへの自由と率直さを育んだのです。それからまさしくヤコブセンの故郷で、そしてスウェーデンで極めて不思議な強化を体験することになった心的態度を育んだのです。

一九二四年八月十七日ヘルマン・ポングス宛

あったからである。ルー・フォン・ザロメは一八八七年以来ジャワ生まれのフリードリヒ・カール・アンドレーアスと結婚していた。アンドレーアスはルーと知り合った時は、ベルリーン大学の東洋学研究室の講師であり、一九〇三年にはゲッティンゲン大学のイラン学教授となった。多くの男たちが彼らの結婚の前後はそうであるように、アンドレーアスもルーに一時夢中になったからでなく、正真正銘ルーのとりこになったのである。彼女が彼の熱烈な求婚にもかかわらず承諾の意思を明確に示さず、彼をそのまま引き留めておこうとするのを見て取った時、彼はルーの目の前で自分の胸にナイフを突き刺したので、生命に関わるほどの傷を負った。ルーは結婚を承諾したが、夫であることを彼が死ぬまで拒んだ。

リルケは一八九七年五月十二日ヤーコプ・ヴァッサーマンの家で、文筆家でありアフリカ旅行家のフリーダ・フォン・ビューロウばかりでなく、その女友だちにも紹介されたが、彼にはそれまで一八九六年末［ノイエ・ドイチェ・ルントシャウ］誌に発表されたエッセイ〈ユダヤ人イエス〉の著者としてしか知らなかったこの女性にも紹介された時、ルネ・リルケには、

16　ルー・アンドレーアス-ザロメ（1861—1937）帝政ロシアに仕えた将軍の娘。1897年5月若いリルケと出逢う。両者は生涯にわたる文通の友情を結んだ。

彼女は自分が無意識の中に待ち望んでいた人間だ、ということが直ちに明らかになった。若い男にとって、過去に存在した通りにそのまま存在するものはもはや何もなく、彼が今まで確信していたもの全てを敢えて疑問にする。彼は何から始めていいのか分からないが、全てをかけることを熱望する。要するに彼は魅了されてしまったのだ。翌日からリルケは己が自在に使える愛と賛美のあらゆる表現をもってルーに求愛し、彼女に捧げる詩が書かれた手紙を送ったり、訪問したり、彼の冒涜的な〈キリスト・幻影〉の幾つかを彼女の前で朗読したりするが、この〈キリスト・幻影〉は［ルントシャウ］に掲載された彼女のエッセイと似た精神的態度から成立しており、リルケがその時までに書いたものの中で最も特有なものであった。ルーが彼を受け入れた時、――人間として、詩人として、恋人として――彼は決して二度と再び見出すことがないであろう至福を体験したのである。次の四年足らずの間にルー・アンドレーアス－ザロメはリルケの生涯で最も重要な人間となった。この数年の中に体験したあらゆる変化にもかかわらずリルケはルーによって、時には批判的にそして挑発的に、時には母親のようにそして保護者のように、しかし常に溢れる愛情に満たされ擁護された。

遙か彼方の道野辺に
薔薇があるのを見付け出した
ぼくが持ちきれぬほどの
若枝を手に　ぼくは貴女と出会いたい
故郷の無い　青ざめた子供たちと一緒に捜すように
ぼくは貴女を捜し求める
――
すると貴女はぼくの哀れな薔薇たちにとっては
母親のようになるだろう
一八九七年五月三十一日 ルー・アンドレーアス－ザロメ宛手紙

17　ヴォルフラーツハウゼンのファーネンザットラーハウスにて。フリードリヒ・カール・アンドレーアス、アウグスト・エンデル（ユーゲントシュティールの指導的建築家）、リルケそしてルー・アンドレーアス - ザロメ。

　これらの変化の幾つかは、この二人がシュタルンベルク湖から遠からぬヴォルフラーツハウゼンで一八九七年六月から七月にかけて共に暮らした時には、すでに生じていた。リルケは「その神経質で尖った、強く筆圧を強調した文字の書き方を、洗練され整った芸術的な書体に」改めた。その上彼は新しい名前を名乗った。九月には既に「ヴィーナー・ルントシャウ」誌にライナー・マリーア・リルケの名前がフェルナン・グレーグの〈泣きぬれた微風〉の翻訳に初めて付され、印刷された。リルケの生き方も変わった。ボヘミアンへの軽い愛着を持つ活動的な大都会 - 文士から、ルーの影響の下、菜食とか、裸足の歩行とか、意識的な自然の体験とか、出来る限り簡素な禁欲的な生活とかがそれに属するのだが、世紀転換期の改革運動の精神で生きることを試みる詩人となった。

　リルケは、彼を己の所有とすることなく彼を求め、彼を巧みに操ることもなく

フェルナン・グレーグ（一八七三―一九六〇）　フランスの抒情詩人、彼は詩をサンボリスムの詩人たちの影響から解放し、彼らとは異なって文体の《自然らしさ》を求めた。

彼を受け入れ、彼を保護し、同時に彼が申し立てた不安をあおり立てもしないそのような愛し方をする人間が存在することを、ルーによって初めて知ったのであった。このこと、そして宗教上の疑問で恋人と意見が一致したことも、確かにリルケに彼の信心ぶった母と批判的に対決する勇気を与えた。心から心配する献身的な母親からの、以前リルケによってステレオタイプ的に使用された決まり文句は、ルーとの最初の出会いの後、彼の詩や小説から殆ど完全に消滅した。ヴォルフラーツハウゼンでも、更にリルケが一八九七年十月ヴィルマースドルフにあるアンドレーアス夫妻の近くに最初の住まいを借りたベルリーンへの転居の後も、家族の構成を描写し、特に母たちによる息子たちへの破壊的作用の影響を描いた散文テキスト〈祭日〉、〈一致〉、〈ボーフシュ王〉、〈兄妹〉がなおも書き綴られた。翌年もリルケは葛藤を引き起こし、病に仕立ててしまう父・母対子供の関係を描き出す新たに獲得された能力を試す物語のテキストや演劇のテキストを書いた。そのテキストとは、〈エーヴァルト・トラーギー〉、〈ひそかな同伴〉、〈世代〉、〈早春〉、〈人生にて〉そして〈最後の人びと〉である。これらのテキストの幾つかは一八九八年リルケの初めての短編集〈人生に沿って〉の中で出版され、その物語はともかくも初期のリルケの叙情詩にとっても典型的なテーマ——老齢、死、悲恋——を巡るものだった。最も規模の大きい二篇の物語、〈ボーフシュ王〉と〈兄妹〉をリルケはそれらが成立した二年後〈二つのプラハ物語〉（一八九九年）のタイトルで一巻に纏め出版した。それをもってリルケが後年初期の作品全体に対して対峙した自己否定に近い距離を、彼は勿論〈二つのプラハ物語〉についても出版の際、既に取っていた。「この書物は全くの過去のものだ。」と序文で述べている。「故郷と幼年時代——いずれも既に昔のものとなってしまった——がその背景をなしている。——今日の私だったらこうは書かないであろうし、それ故そもそも書かなかったであろう。しかし私がこれを書いた当時、私には止むに止まれぬものだった。」

リルケが一八九八年夏以来小説や戯曲のテキストの中で繰り広げた自身の伝記に対する批判的観点は、彼の叙情詩にも変革を引き起こした。一八九七年十一月に書き上げた幾つかの詩の中でリルケは初めて「私の母」を語って、ゾフィー・リルケの風貌を描いた。彼女の本質、行動、そして彼の幼年時代の孤独と、その間の関係を回復させた。これらの詩——例えば「そして私の母はとても若かった」、「私の母が涼しい服を着てきた時」、「私の誠の心が私を母へ向かわせたので」——などは近づきやすい、伝記的なことを前もって

本当に若かったライナーは、あきれるほど沢山書き、出版したにもかかわらず、……彼の本質では、いつの日か現れるであろう未来に富んだ偉大な詩人であるという、特に強烈な印象を与えることはなく、むしろ全く彼の人間としての特別な性質から、印象を与えていた。……例えば、ある時彼と親しいエルンスト・フォン・ヴォールツォーゲンが手紙でからかって「純粋なライナー、汚れ無きマリーアよ」Reiner Rainer, fleckenlose Mariaと呼び掛けたが、ライナーの内面の状態には女性らしさ、子供らしさを期待させるものはなく、彼の性質の男らし

知らなくても、直接理解できる詩人の自己表白であって、それには解釈など殆ど必要としない。

ベルリーンへの移住はリルケに一連の新しいコンタクトを作り出した。大部分はルーの仲介に依るものだった。芸術家夫妻ラインホルト・レプジウスとザビーネ・レプジウスの家での朗読会でシュテファン・ゲオルゲと知り合う。その彼と数ヶ月後フィレンツェで思いがけず再会することとなる。同じくレプジウス家の客の中に作家のカール・フォルメラーとその妹で女流画家マティルデ・フォルメラーがいたが、リルケはマティルデと一緒にパリでセザンヌ展覧会を観に行く。

ベルリーンの冬の数ヶ月は集中的な仕事の季節だった。というのはリルケもルーに指導されて二回の旅行の準備をするのだから。春になったら彼はフィレンツェへ行くつもりで、そのためイタリア語を学び、大学で芸術史を聴講した。二回目の旅行の予定はまだ決定していなかったが、目的地ロシアは確定していた。リルケはルーの助けを借りてロシア語を学び始める。

一八九八年三月初旬リルケは「現代叙情詩」の講演のためプラハに着いて、そこからガルダ湖近傍のアルコへ旅行を続け、そこで母を訪ねた。四月中頃

さ、つまり彼に相応しい、触れられぬほど繊細な紳士らしさがあった。……《男らしい上品さ》という言葉で言い表されるものを、ライナーはそう言う訳で当時既にかなりの程度身に付けていたし、どんなに繊細なことでも錯綜させず、どんな本質の表現も調和して破られることがないほどに、身に付けていた。彼は当時まだ笑うこともできたし、人生によって無邪気に、邪推もなく人生の喜びへ迎え入れられることも知ることが出来た。

ルー・アンドレーアス-ザロメ〈人生回顧〉

リルケは遂にフィレンツェに到着した。その後の数週間は長い散歩でどの教会も、どの絵画も、どの立像も殆ど見落さず見て歩いた。彼の心を魅了したのは、初期ルネサンスの絵画と建築、ボッティチェリとミケランジェロであった。ルーが彼にこの教養の旅へ行くように励ましたのであった。そしてリルケも自分がのみ込みの早い弟子であることを示そうとした。彼は観察や省察をルーのための一種の旅行報告である〈フィレンツェ日記〉に書いた。

フィレンツェでリルケは画家のハインリヒ・フォーゲラーと知り合う。その彼がリルケを芸術家村ヴォルプスヴェーデへ招いてくれたのだった。同じ頃シュテファン・ゲオルゲもまたフィレンツェに滞在していた。ゲオルゲの芝居がかった登場の傾向がリルケの気持ちを不安定にするので、彼はゲオルゲとの出会いを避けたいと思ったが、この七歳年長の男が彼をかなり長い会話に巻き込み、その会話の中でリルケの早すぎる未熟な出版に対して非難するのを阻止できなかった。そのような批判は辛かった。特にその批判が当っていて、その上自分の意見とも一致している時は、なおのこと辛かったのである。一九〇四年三月三日リルケはエレン・ケイに宛て

木彫りの貧しい聖者たちに
母は捧げものを持ってやって
きた
聖者たちは無言のまま、誇ら
しげに
硬いベンチのうしろにあって
驚嘆した

彼らはきっと　母の熱い労苦
に報いる
感謝の言葉を忘れてしまった
のだろう
ただ彼らの冷たいミサの
蝋燭が燃えるのを知っている
だけだ

だが私の母はそんな彼らに
花を供えるためにやってきた
私の母はその花を
私の人生からすべてを奪って
〈わが祝いに〉一八九七年

次のように書いている。「私の能力は当時乏しく、感受する力も未熟で、怯えたものでした。それに私は最初に出版した本全てのために、いつも私の試作品中最も拙劣な、最も個性のないものばかりで編集しました。と言うのも、私にとって本当に好ましいものを晒す決心がつかなかったからです。それで当然惨めな本になりました。〈わが祝いに〉が、この原則に従わないで作られた最初の選集です。――それ故本来の、私の最初の本なのです。」

それ故に、〈わが祝いに〉をもって本来のリルケが始まる――いずれにせよリルケ自身の意見に依ってのことだが。この見解は幾分かは役に立つ。一八九九年末に出され、ハインリヒ・フォーゲラーによる装幀で飾られた一巻では言葉はさらに精密になっていた。なるほど「蔓薔薇に縁取られた廃墟の／静けさの中に／朝早く授けられた歌を／しばしば私は夕べに向かって歌った」のような相変わらず耐え難い詩句もあるが、〈木彫りの貧しい聖者たち〉、〈私は人間の言葉をかくも恐れる〉あるいは〈室内〉のようなテキストに、詩が進展する内に変化し、突如想像されたイメージによって読者を彼の思考の世界へ引き込む、リルケの比類無い能力が初めてはっき

18　アルコの館とガルダ湖への眺望。リルケは旅行中この地で何度か母を訪ねた。

り現れた。——それは彼が〈新詩集〉の中で発展させ完成させる一つの手法であった。加えて《自我》、《事物》、《神》そして《言葉》の複合をリルケは〈わが祝いに〉の中で彼の大きなテーマとした。そして〈天使の歌〉の中の天使は〈ドゥイノの悲歌〉で優れて重要な役割を担うこととなる天使の形姿の初期原形と見做される。

イタリアから帰った後、リルケはベルリーン - シュマルゲンドルフでメーテルランクの文体で叙情的-演劇作品一景、〈白衣の侯爵夫人〉を書いた。この劇作品の示唆をリルケはヴィアレジョで得た。この地で彼は一人の《最後の哀れみの黒衣教団に属する修道士》を観察したが、彼にはこの男が「死そのもののように」思われた。〈白衣の侯爵夫人〉のテーマとモチーフ、——思い焦がれる少女の、そして女性の形姿、満たされぬ愛、死——は晩年の作品に至るまで有効であり続けた。一九〇四年末のこの劇作品の改訂でもモチーフには手をつけぬままだった。文体的には第二版は取り

19　ベルリーン - シュマルゲンドルフのヴィラ・ヴァルトフリーデン。ここにリルケは1898年から1900年まで暮らした。1899年秋シュマルゲンドルフで〈旗手〉及び〈時祷詩集〉第1巻が書かれた。1900年の復活祭、リルケは彼の最後の戯曲〈家常茶飯〉を書いた。そのベルリーンでの初演は1901年12月20日。彼の戯曲家としての経歴は失敗で終った。

分け初版よりも更に大きな即物性によって区別される。どんなにこの作品がリルケの心に掛かっていたか、彼が一九一二年になってもなお、崇拝していたエレオノーラ・ドゥーゼに主役になるよう要請したことからも見て取れるであろう。――だがその計画は実現に至らなかった。

八月リルケはベルリーン‐シュマルゲンドルフの中のヴィラ・ヴァルトフリーデンに一部屋を借りた。彼が帰ってきた直後持ち上がったに相違ない、ルーとの口論は彼の仕事をする力を妨げなかったようだ。リルケの一八九八年八月と一八九九年四月の間の果すべき課題は注目に値する。この時期に書き上げられたのは〈白衣の侯爵夫人〉ばかりではない、ユーゲントシュティールの画家ルートヴィヒ・フォン・ホーフマンに捧げられた〈遊び〉、スケッチ〈遠景〉そして遺稿から初めて出版された〈事物のメロディーのための覚書〉もまた同じ時期に書かれたのであった。それから短編小説には〈エーヴァルト・トラーギー〉、三角関係の心理的スケッチ〈恋する人〉、それ以外に〈最後の人々〉それに二、三の比較的短いテキストである。短編〈会話〉はエッセイ〈芸術について〉と全く同様に芸術理論的な、そして芸術史的な疑問に没頭した結果を示している。更にその上リルケは経済状態を改善するために批評家や演劇評論

「個人があらゆる流派の習慣を突き抜け、自分の体験でないあらゆる疑似体験を乗り越えて、自分の響きのあの最も深い根源にまで達した時、初めてその人は芸術に対して近い親密な関係になります。つまり芸術家になるのです。これこそが唯一の基準です。絵筆を用いるとか、ペンを用いるとか、鑿を用いるとか、その他全ての働きも、例えば喫煙とか退屈して親指を回すといった、その個人や周囲の人々にとってはどうでもいい、あるいは煩わしいかも知れないただの個人的な習慣にすぎません。」
リルケの講演〈現代叙情詩〉一八九八年から

家としても活動した。それと同時に彼はルーと一緒にロシア語を学んだ。またベルリーン大学で哲学者であり社会学者のゲオルク・ジンメルの講義に聴講届を出した。クリスマスをブレーメンのハインリヒ・フォーゲラーの元で過ごし、彼と一緒に初めてヴォルプスヴェーデへ行った。三月彼はアルコに母を訪ね、ヴィーンでフーゴー・フォン・ホフマンスタールやルードルフ・カスナーと知り合い、なおプラハの親類を儀礼的に訪問した。そして四月初めリルケは再びベルリーンに戻り、ロシア旅行のための最後の準備をした。

四

リルケがイタリア旅行から帰って最初の再会の折、彼とルーの間に深刻な緊張が生じた。リルケはルーが夫を気遣って昼食を取ることが出来ないか、あるいは取ろうとしない関係での自分の役割について新しい定義を迫ったのである。この二人の、強烈な印象を放つ人物の友情が持つ魅力にもかかわらず、この友情は全ての関係者たちに心の地獄の苦しみを引き起こすまでに至った状況で繰り広げられていったことを忘れてはならない。ルーは結婚していたのだ。フリードリヒ・

カール・アンドレーアスと彼女の関係は性的なものではなかったが、それにもかかわらずこの両者を四十三年の長きにわたり、アンドレーアスの死に至るまでしっかりと結んだ強い絆が存在していたに違いなかった。リルケと彼女とが親密な関係を維持している間も、ルーにとって夫との関係は第一義的に守るに価する結びつきであった。とりわけこれを守ってゆく必要から、彼女の愛の多くの証拠を、リルケも含めて消去させる考えが生じた。特にリルケが〈汝が祝いに〉のタイトルで——一八九九年に公にした詩集〈わが祝いに〉に似せて——出版しようとした、自分に捧げられた恋愛詩のほぼ半分を消去する考えであった。この消滅を免れた最も美しい詩に、詩〈私の眼を消して下さい　私はあなたを見ることが出来る〉は数えられるが、この詩をリルケはルーの願いに応じて後に〈時祷詩集〉第二巻に受け入れた。

リルケはアンドレーアスの妻の最初の恋人でもなければ、最後の恋人でもなく、それが必ずしも彼が傷つかなかったことにはならない。遂にリルケはルーに夢中になり、独占的になってしまったが、これは所有無き愛besitzlose Liebeという彼が後に説き慕ったイデーと共通するものではない。そしてアンドレーアスはリルケの愛人の最初の夫であった、リルケが意を通じた愛人の最後の夫でないにしても。

同様にそれは必ずしもリルケにとってどうでもいいことにはならない。結局リルケの父親であってもおかしくないほどの年齢のこの男はリルケが切に望んでいた幾つかのもの、つまり、教養、社会的名声、物質的自律性を持っていた。そしてルー。ルーは二人の男の間にいた。ほぼ四年間彼女は二人の男のいずれをも諦めるつもりはなかった。彼女は三角関係を扱う社会的に受け入れられた方法——秘密にしておく、あるいははっきりした関係を創り出す——と言った方法の一つに決めず、彼女が現代的と思い込んだ道、つまり夫には事情を知らせるが、不必要に傷つけない道を行くのを試みた。彼女は多分三人の中で、この解決がその人柄に合ったただひとりであったので、この状況はいつの日か堪えられなくなるに相違なかった。一度はルーの夫と一緒に、二度目は夫抜きの、二度に亙るロシア旅行は事態を拡大するのに多大な寄与をしたことであろう。

リルケがアンドレーアス夫妻に同伴した最初のロシア旅行は約六週間かかった。一八九九年四月二十七日三人はモスクワに到着。

今私は未来に満ち溢れて貴女のもとへ戻ってきた。そして習慣から私たちは私たちの過去を生き始めた。この日記を信頼し、手渡すことによって貴女が自由にまた祝祭のように晴れやかになったのを、どうして私が気付くことができただろうか。というのは私が見たのは、貴女ではなく、ただ貴女の寛容と穏やかさと、私に勇気と喜びを授けようとする努力だけだったから。その瞬間、正しくそのことこそが私を憤らせたのだ。私は余りに偉大なものに憎しみを覚えるように、貴女に憎しみを覚えた。今度こそ私が富める者、贈る者、招く者、招待する主人になることを欲して、貴女は来て下さり、私の周到な気配りと愛に導かれて、私の歓待の中でくつろいで下さることを望んだのに。そして今貴女に向き合うと、またしても私は太くそしてがっしりした柱の上に憩う貴女の本質の最端の敷

彼らはレフ・トルストイ、画家レオニード・パステルナーク、そして彫刻家パウル・トゥルーベツコイ侯爵を訪問した。モスクワでの復活祭の日々はリルケにとって、彼が伝統的なキリスト教に対しては批判していたにも拘わらず常に心に刻み込まれる経験として光明に包まれた宗教的啓示の体験となった。五月初め彼らは更にペテルスブルクへ向かう。この地でルーと彼女の夫はルーの母の家に泊まったが、リルケはある宿の一部屋を借りた。ペテルスブルクで彼はヴィアレッジョで知り合ったヘレーネ・ヴォローニンを訪問し、画家イーリア・レーピンの客となる。そしてエルミタージュ美術館やその他の名所を見学した。彼が母親、フーゴー・ザールス、フランチスカ・フォン・レーヴェントロフ、フリーダ・フォン・ビューローウその他に彼の最初のロシアの印象を語ったこの数週間の手紙には、感情過多の響きが溢れていた。六月十八日リルケとルーはドイツへ戻った。彼らはダンツィヒ‐ラングフールのルーの友人ヨハンナ・ニーマンの元で数日間を過ごし、七月ベルリーンに行き、それからフリーダ・フォン・ビュー

居に立つ最も卑しい物乞いでしかなかった。私が自分のありきたりの祝祭の言葉を身に纏ったとて、なんの助けになったろうか。私は自分が仮装することで自分がますます滑稽になってゆくのを感じた。そして私の心の中の何処にもない処、深い何処かに這って身を隠してしまいたいというおぼろげな願いが目覚めた。恥ずかしかった。恥ずかしい気持ちで私の心はいっぱいだった。貴女と再会するといつも、私は恥じ入ったのだ。私の気持ちをわかって下さるであろうか。いつも私は自分にこう言い聞かせていた。「私は貴女に何一つ与えることが出来ない。全く何一つ。私の黄金は貴女の手に差し出すと、石炭になってしまい、私は貧しい身になってしまう。」

〈フィレンツェ日記〉一八九八年七月六日

ロウの招待に応じてマイニンゲン近郊のビーバースベルクに赴き、九月中頃まで留まった。

その年の秋リルケは彼のロシアでの体験に手を加えて自分のものとした。なかでも〈時祷詩集〉の第一部を成立させた。これをリルケは当初まだ〈祈り〉と呼んでいたが、それから〈僧院生活の書〉Das Buch vom mönchischen Leben と命名した。十一月彼は〈神様の話〉Geschichten vom lieben Gott 同様に秋の内にもなお――リルケが好んで強調するところでは、一晩で――〈旗手〉Der Cornet / Erste Fassung を書いたが、〈旗手クリストフ・リルケの愛と死の歌〉Die Weise von Liebe und Tod des Cornets Christoph Rilke は勿論一九〇六年の出版までになお二度も書き直している。このテキストは彼の生前既に売れ行きの上で最も成功した作品の一つであった。その上同時に彼は自分のための宣伝に絶えず努めていた。彼はヴィーン、ミュンヘン、ベルリーンそしてプラハの雑誌と関係を結び、時々彼のテキストを印刷させて、財政困難な状況を楽にした。またロシア研究の集中力をもってリルケは全く実用的な二次的意図をも追求した。つまり彼はロシア語からの翻訳者として働きたがったのであった。けれどもその計画は実現されなかった。

一九三四年のルーの言葉は、あたかもリルケがまだ生きている人たちの中にいるかのように、リルケその人に向けられている。「私が何年かの間貴方の妻であったのは、私にとって貴方が初めての真実であり、肉体と人間とが区別し難く一体になっていて、疑うことの出来ない生命の事実そのものであったからです。貴方が愛の告白として仰言った『貴方だけが真実です』という言葉は、私もまた貴方に向かってそっくりそのまま告白することが出来た言葉でした。こうして私たちはお互いにまだお友だ十一月リルケはルーのために日記を再び書き始めた。〈シュマルゲンドルフ日記〉は一九〇〇年五月まで及んでいる。それには短編――〈体操の時間〉、〈ある朝〉、〈墓掘り〉、〈枢機卿〉、〈ブラーハ夫人の女中〉――の幾つかの初稿が含まれているが、リルケのルーに対する関係の変化についての兆しもある。リルケは以前と変わることなくルーを愛していた。それは明白であった。しかし彼らがもうこれ以上続けてはいけず、彼が別な道を行かなくてはならないという認識との葛藤も全く同様に明白であった。

一八九九年のクリスマスをリルケはプラハで過ごした。ベルリーンへ帰る前、彼はブレスラウの美術史学者リヒャルト・ムーターを訪ねている。ムーターはリルケにヴィーンの週刊誌［時代］のためにロシアの美術についての論文を書くよう提案した。彼は当時この雑誌の美術部門の編集長であった。彼はまた後になってリルケにロダン論の委託をしたが、それによってリルケの人生におけるある重要な転機を準備することになる。

一九〇〇年五月七日から八月二十四日までの第二回ロシア旅行をリルケはルーとだけで企てた。再度彼らはモスクワに滞在して、レオニード・パステルナーク、文学の教授ニコライ・ストロシェンコ、美術評論家パウル・エッ

ちにならないうちから夫婦になってしまいました。しかも私たちが親しくなったのは、ほとんどお互いの選択によったのではなくて、もっと深い地下でなされた婚姻の結果なのです。二つの半身が私たちの中でお互いを捜し求め合ったのではなく、不意を突かれた全体が捕らえることの出来ない全体に接して身を震わせながらお互いを認識する。そのように私たちは姉弟であったのです。――けれども近親相姦がまだ涜聖になる以前の太古からのような。」
〈人生回顧〉から

20　モスクワのクレムリン宮殿。リルケは1899年この地でアンドレーアス - ザロメと共に過ごした復活祭の夜を回想して次のように書いた。「私にはただ一度の復活祭でした。それはあの時の、あの長い異常な途轍もない激動の夜のことでした。そこには全ての民衆がひしめき合っていました。その時イヴァン・ヴェリキー［クレムリン宮殿の鐘塔］が闇の中で一打、また一打と私を打ったのです。これが私の復活祭でした。そして私は思いました。これだけで一生涯充分であると。」
（1904年3月31日　ルー・アンドレーアス - ザロメ宛）

ティンガー、女流作家で大学講師のソフィア・ニコラエウナ・シルを訪問した。後の二人とはベルリーンの頃からの知り合いであった。彼らは美術館、教会、画廊、モスクワから少し離れた郊外にある芸術家村アブラムツェヴォをも見学した。六月一日ふたりはレフ・トルストイを訪ねる。この訪問は予告なしで行われ、トルストイは機嫌が悪かった。このロシアの作家は招かざる客どもを

一八九九年モスクワで先ず私を襲ったのは、故郷という感情でありました。私は突然ロシア的本質の中に私にとって最も親密なものがあるのを認識し、それを体験せざるを得なかったのです。それまでは何か漠とした調和しないような環境の中に生きてきたのです。この認識は私の基礎となって残りました。――どんなに多く、どんなに好んで私が多くの他の国々で暮らそうとも、ただロシアの大地と、その大地の私には兄弟のような人々としか真の結びつきを私は感じませんでした。
一九二〇年三月二十二日～二十四日　アニータ・フォラー宛

出来るだけ早く厄介払いしようと、不作法の限界にまで及んだことを幾つかのことが示唆している。それにも拘わらずリルケはこのトルストイ訪問を彼の描写の全てを尽くして――そのトルストイとは彼は殆ど話し合うには至らなかった、というのは、彼はロシア語が理解できても、話すと間違いだらけであったから。――彼の人生の偉大な体験のひとつと文章化している。

リルケとルーはその後引き続いてキエフに行き、六月中旬それからドニェプル河を下りクレメンチュクを経てクレスルに向かった。そこから鉄道でポルタワへ、そしてチャルコフ、ヴォローネシュを経由してサラトフへ行き、彼らは六月二十三日この地でヴォルガ河に到達した。かなり長い船旅の後彼らは短期間モスクワに戻り、その後改めてヴォルガ河を旅して、ニソウカ村の農民詩人スピリドン・D・ドロッジンの家で数日を過ごした。七月二十四日二人はペテルスブルクへ出発。そこで彼らは三日後に別れた。ルーはフィンランドの親戚の元に赴き、リルケは独りで四週間ほどをペテルスブルクで過ごした。彼はほぼ毎日図書館で勉強し、特に美術史の研究に力を入れて、自分の仕

21 トゥヴェル行政区ノヴィンキのロシア民衆詩人スピリドン・ドロッジン（1848－1930）の客となったリルケ。

事の準備をしたが、また別れの苦しさを和らげるためでもあった。この頃彼はアレクサンドル・ベヌアと知り合った。ベヌアは重要なロシアの美術雑誌［芸術の世界］の寄稿者であり、リルケに特派員の地位を斡旋することを考えていた。八月二十二日リルケはルーと一緒に帰国の旅についた。暫く一緒に暮らした後、彼らの思いが明らかに合わなくなっていた。八月二十七日リルケはベルリーンからヴォルプスヴェーデのハインリヒ・フォーゲラーの元へ赴き、十月初めまでそこに残った。

五

著名な美術雑誌における論説、モノグラフ、翻訳、そして展覧会によってロシアの芸術と文学を世に普及せしめようとするリルケの計画は、準備段階を決して超えて発展するには至らなかった。その準備に基づいて美術史の勉学を完了する可能性をも彼は利用しなかった。だが二度のロシア旅行の物質的な収穫はリルケにとってあまり問題にならなかった。人との出会いとロシアの風土の体験は、リルケが再三語るに至る印象であった。政治的状態や社会的緊張はロシアにいても祖国にいる時と同様、殆ど彼の視野に入らなかった。

リルケは農民とか芸術家として思い描く《ロシアの人間》の中に、自分が見たいと望むものを見た。つまり自足していて、心豊かで故郷と結びついた人物。その人にとって信仰はただ生き生きとした何かであり、神はいつも目の前にあって、その人は彼の神と結びつくのに、ただ形式的に教会に所属している西ヨーロッパ人とは違って、また儀式で硬直化したキリスト崇拝とか聖者崇拝に没入するゾフィー・リルケとも違って、仲介者──牧師やキリスト──を必要としないのだ。《ロシアの人間》に内在する内面の強さをリルケは自分自身のためにも望んでいた。

〈時祷詩集〉は、その第一部は第一回ロシア旅行の印象の下に書かれたが、敬虔な詩人とのリルケの評判を不動のものにした。タイトルについてリルケは《Livres d'heures》あるいは《Stundenbücher》《聖務日祷書》と呼ばれている、教会の一日の経過を区切る中世後期の聖務日課書と関連させている。リルケの〈時祷の書〉は三部に分けられた、時間的には離れ離れになっているが、短い製作期間で完成した。そして一九〇五年インゼル書店におけるリルケの最初の作品として出版された。第一部〈僧院生活の書〉の成立だけにしかふたりの共同生活期間は当たらなかったのに、リルケはこの本をルーに捧げた。形式上この〈時祷詩集〉は、神を

どうなさいます　神よ　もし私が死にましたら
私はあなたの甕（もし私が砕けたら）
私はあなたの飲物（もし私が腐ったら）
私はあなたの衣裳　あなたの仕事
私と共にあなたは御自身の意味を失います…
どうなさいます　神よ　私は不安です（この詩句の前に二節が省略されている）
〈時祷詩集〉

「ロシアの人は実に多くの実例によって、抵抗するあらゆる力を絶えず圧倒する奴隷化や災禍でさえも、必ずしも魂の破滅を引き起こすわけではないということを私に示してくれました。少なくともスラヴ人の魂にとってある程度の服従はありますが、その程度は完全と呼ばれるのに値するほどなので、それはスラヴ人の魂に、極めて重くのしかかり辛い負担を強いる重圧の下にあっても、秘かなゆとりの空間、彼らの存在の四次元を創るのです。その次元の中で状態がなお悩ましいものになりましょうとも、スラヴ人の魂にとって新しい無限の真に独立した自由が始まります。」

一九二〇年十二月九日　ツェーザル・フォン・ゼドラコーヴィツ宛手紙

得ようと勤め、その独居房の中で祈る僧という虚構をもって設定されている。だが神を得ようとする僧の格闘は——その神は詩の中で、あるいは畏敬の念を起こさせる、強大な、しかし同時にまた傷つきやすい、庇護を必要としているものとして思い描かれたり、あるいはまた威嚇的な父の形姿として、信仰を抱く者によって先ず創られねばならぬものとして思い描かれるが——常に作品を獲得しようとする芸術家の格闘でもある。そして何篇かの詩は結局、例えば〈私の眼を消してごらんなさい　私はあなたを視ることが出来る〉の詩も暗号化された愛の告白を含んでいた。詩の形式上の自由と作品

「哲学が宗教になり、独善的な要求をもって他のものに近寄る度ごとに、それが一種の性急となったのです。他方宗教はいずれにせよ、ただその創設者が生き、生死をかけて格闘した壮絶な生き方だけなのです。イエス・キリストやドストエフスキーの生涯は忘れがたい現象であり偉大な範例です。しかし独善とはならなかった、ドストエフスキーの人間的な言葉は、ロシアにとって、ヨーロッパ人のための巨大な体系の中に書き入れられたナザレのイエスの言葉よりもはるかに有効でありましょう。」

一九〇一年七月二十八日　アレクサンドル・N・ベヌア宛手紙

のテーマ上の多層性は、リルケが没頭した遊びでは決してなく、本当はそのテキストが成立した、詩人の生活状況の必然の結果であった。一方でリルケは幼年時代、伝統的キリスト教の押し付けを経験し、彼の二度のロシア旅行でその地の人間の信仰に心を打たれたのである。他方彼の生活態度はキリスト教から派生した信仰心によって形成されたのではなかった。――結婚直前の一九〇一年三月、彼はカトリック教会から離脱した。――そしてリルケはキリスト教の中心となる内容を否認したので

「ところで、侯爵夫人、どうかご承知置き下さい。私はコルドバ以来殆ど狂暴に近い反キリスト精神を心に抱いているのです。私はコーランを読んでおりますが、コーランは時々私には一つの声となり、パイプオルガンの風のように私は全力を尽くしてその声の中にとどまります。ここでは人々はキリスト教国にいると思っていますが、今はこの地でもそのキリスト教国はとっくに克服されてしまいました。百歩郊外へ出る限り、殺戮するのはキリスト教の方でした。その上に多くのつましい石の十字架の墓が増えていったのです。その墓の上には簡単に、誰某はここに死す、と書かれております。――これがキリスト教の当地の型だったのです。現在ここには限りなく無関心が支配しています。空虚な教会、忘れ去られた教会、飢え死にする礼拝堂、――本当にこの食べ尽くされた食卓にそれ以上長く着席すべきではないし、乱雑に散らばっているフィンガーボールを食べ物などと称すべきではないのです。果物は汁をすっかり吸い尽くされてしまって、つまり乱暴な言い方をすれば、そのボールに唾を吐けということです。かしこでは新教徒やアメリカのキリスト教徒が繰り返し、二千年もの間いれてきた茶の葉をもって茶を出しております。マホメッドはいかなる場合も、ちょうど原生岩層をくぐって来た河のように最も身近なものでした。彼は唯一の神へと突き抜けて進みます。『もしもし、そちらはどなたですか』と絶えず呼び出しても、誰も返事をしない、あの『キリスト』という電話無しで、彼は神と毎朝素晴らしい話をされるのです。」

一九一二年十二月十七日マリー・フォン・トゥルン・ウント・タクシス・ホーエンローエ侯爵夫人宛手紙

あった。

〈時禱詩集〉が〈新詩集〉、〈ドゥイノーの悲歌〉や〈オルフォイスへのソネット〉と共にリルケの偉大な抒情詩の作品の一つ――ドイツ抒情詩の偉大な作品の一つ――であるとするならば、勿論この詩集の中に詩人の文化批判的態度が認識されるからだけではなく、その基本姿勢が現代人の意識に影響を与え続けたからでもある。西欧の芸術がとりわけ具象的、宗教的絵画によって陥った袋小路という命題も、実証主義的世界観に対する批判も全く同様にこれに属する。もしロシア人の敬虔に心打たれる様を、自己の存在に物質的なもの、理性的なものを超える意味を付与する脱限界体験をしたい、との個人の欲求の兆候と解釈するならば、それもこの一つである。その場合今日もなお、広く満たされない欲求が問題なのは、極東の宗教に対する現代の人気からも見て取れるし、二〇世紀の終わりになると、あらゆる宗派や精神カルト集団が大いに持て囃されることでもはっきり認識されるのである。リルケはヨーロッパ文化のこの欠損を発見した最初の者ではなかった。彼が知っていた哲学者の中で少なくともキルケゴールとニーチェはありうる基点をして挙げられる。しかしこの欠損を診断しただけではなく、その結果を知覚し、その知覚しえたものに詩の表現を与えたのは、リルケ独特の天分であった。

〈時禱詩集〉発行後数ヶ月して、リルケは彼の新しい出版社の社主アントーン・キッペンベルクから一通の手紙をもらった。
「私たちにとってそしてきっと貴方にとっても喜ばしいことでしょうが、時禱詩集は至るところで大変好意をもって受け入れられました。かなりの数の書評もすでに私たちの手元に集まっています。……これまでに一三六冊が確実に売れました。更に、条件付で発送した分のうち約

〈時祷詩集〉の第一部を書いた数週間後に書き上げられ、一九〇〇年に〈神様についてその他〉の表題の下、初版が出版された〈神様の話〉はリルケがロシアの歴史と民衆文学を集中的に研究したことと、フィレンツェへの旅と関連して彼がイタリア・ルネサンスに取り組んだことも裏付けている。宗教的態度に関しては、この話の幾つかの無邪気かつ敬虔な口調に惑わされてはいけない。〈神様の話〉は〈キリスト幻影〉、一八九六年あるいはそれ以降の短編〈使徒〉、後年の〈若い労働者の手紙〉と全く同様に、リルケのキリスト教に対する批判の帰結を示している。これらの話の中の神概念の性質はキリスト教の救済論と共通する処が殆ど無い。リルケの〈神様の話〉における《神様》は方向として、事物の背後に潜んでいて、あらゆる事物の中で体験され得るが、正にキリストの中だけは体験できない存在として出現するのである。

五十冊が売れるであろうと、私たちは見積っております。この本は小さな同好会に向くものなので、私たちは確かにこの成果で満足しましょう。」
一九〇六年三月二十四日　アントーン・キッペンベルクのリルケ宛手紙

ヴォルプスヴェーデ、パリ　そして　ローマ

友人は私たちの孤独を妨げはしない、ただ私たちが独りでいるのを制限するだけだ。
〈シュマルゲンドルフ日記〉
一九〇〇年九月十五日

リルケは国々、風景そして都会と、まるで人間と出会うように開放的に、敏感に、好奇心をもって出会った。外国にあっては常にその特有なものを求め、固有の芸術的発展の継続である、彼が使命として視たものを一度たりとも見失うことなく。リルケはある場所との関係が確立出来ると、パリやスイスでのように、最初の内は困難を伴ったこともあったが、確立した時この関係は詩作の上で豊饒となったのである。しかしもし空間的、事物的に周囲との【詩的な関係】を見出せない時は、リルケは苦悩し始める。それから新たになされた転地が心理状態を

ハインリヒ・フォーゲラー（一八七二―一九四二）
ブレーメンで生まれる。一八九四年から彼はヴォルプスヴェーデで活躍した。一九二五年ロシアに行き、その地で社会主義リアリズムの絵を描いた。最後はカザフスタンで死去。

安定させ、創造的過程を改めて促進するためには、彼にとって何よりも真っ先に心に浮かぶ解決であった。転地はリルケの生涯で、内面の変化が進行していることをしばしば意味した。ヴォルプスヴェーデへの移住の理由もまた、内面の発展に求められる。もっともそれについて決定的なことを述べることが困難な、そのような発展も中にはあるのだが。

ブレーメンから遠からぬところ、ニーダーザクセン州のヴォルプスヴェーデは、世紀転換期頃は人口密度の低い、沼沢と荒野の風景の中の小村であった。この地へ引きこもった芸術家たちは自分たちの芸術を自然の近くで更に発展させ、風景を研究しようとしたのである。田舎への［回帰］は世紀転換期の芸術家たちの中ではしばしば見受けられた現象であり、文明に悲観的な時代の傾向にも合致していた。ヴォルプスヴェーデの芸術家たちは――ハインリヒ・フォーゲラー、フリッツ・マッケンゼン、ハンス・アム・エンデ、オットー・モーダーゾーンそしてフリッツ・オーヴァーベックたちだが、――マッケンゼンがミュンヒェンのグラス・パラストにおける定期展覧会で金メダルを受賞し、ノイエ・ピナコテーク（ミュンヒェンの新絵画館）がモーダーゾーンの絵を獲得した一八九五年、初めて広く大衆に知られることになった。ヴォルプスヴェーデの人たちの中で断然成

ヴォルプスヴェーデ芸術家集団

フリッツ・マッケンゼン（一八六六―一九五三）がヴォルプスヴェーデの芸術家の最初の者として短期間この寒村にやって来た。孤独と自然の色彩が彼にはとても気に入り、一八八九年彼の友人ハンス・アム・エンデ（一八六四―一九一八）とオットー・モーダーゾーン（一八六五―一九四三）と共にヴォルプスヴェーデに戻ってきた。ハインリヒ・フォーゲラーと同様にブレーメン出身のフリッツ・オーヴァーベック（一八六九―一九〇九）が最後の者としてこれに加わった。

功したのは勿論ハインリヒ・フォーゲラーであった。彼は時が経つうちに次第に工芸家へと発展していった。そのグラフィックアートの仕事、家具のデザインや部屋の造形はヨーロッパに広く非常に愛好されていた。もっとも彼の古くからの友人リルケの場合は違っていて、リルケは後に自分の出版社主に向かい合って、フォーゲラーについて極めて批判的な意見を述べている。

一九〇〇年八月二十七日、ルーとのロシア旅行から帰った直後、リルケはヴォルプスヴェーデへ赴き、バルケンホフのフォーゲラーの元へ行って、そこでヴォルプスヴェーデのサークルに引き入れられた。リルケはブレーメンやハンブルクの美術館見学とか劇場見物に加わるのと全く同様に、ヴォルプスヴェーデにおける共同の日常生活に参加した（ヴォルプスヴェーデの住人たちは田舎に引きこもってはいたが、近隣の町の便利な施設や文化的な提供物を十分に評価することを心得ていた）。しばしばリルケはフォーゲラー、マッケンゼン、モーダーゾーンを彼らのアトリエに訪ねて、仕事をしている彼らをじっくり観察した。幼年時代は

22　クララ・リルケ-ヴェストホフ。パウラ・モーダーゾーン-ベッカーによる絵画、1905年作。クララ・ヘンリエッテ・ゾフィー・ヴェストホフ（1878―1954）、女流彫刻家、画家。彼女は特にミュンヒェンのF. フェールとC. シュミート-ロイテの下で学ぶ。リルケと別れた後1919年までミュンヒェンで、その後1919年から死去するまでフィシャーフーデで生活した。彼女の作品は動きのある形と取り組み、ロダンの影響を示し、またスケッチ風なものへの傾向も見られる。1925年から彼女は次第に絵画に向かい、アルトゥーア・ゼーゲルにプリズム形式の刺激を受けた。

母親が同年齢の子供たちから引き離し、ベルリーンの社交界では常にルーの影の中にいたこの若い詩人は、同じ感情を抱く心の持ち主たちとの交際の内で急速に快適な気分になってゆくのを感じた。いずれにせよ、殆ど毎晩催される楽しい集いが芸術一色になり、会話が自然とか音楽、絵画、文学を巡って交わされる時は、快適な気分になっていった。それに反してリルケはヴォルプスヴェーデの人々の浮ついたパーティーからは殆ど得るものはなかった。というのは、そのような場では親密な人間と知り合うことなど二度と無かったのだから。「私は孤独感と共感とを絶えず交互に感じる」と、彼はルーのために九月十日の日記に書き記している。そのように、彼も幻滅の中に時は過ぎて行き、やがて幸運な転機が訪れるあの晩を体験したに相違なかった。「私は信じられないほど孤独であった。まるで言葉が私に向かって来ることなど全くなく、あたかも一座の笑っている人々の周りを走り回るかのような気がした。勿論皆がフォーゲラーのために詩を一篇繋ぎ合わせて作ることになった。冗談、冗談、冗談……ドイツ的パーティーのすさまじい結末。」リルケは自分の部屋の静寂の中に引きこもった。この部屋で程なく思いがけぬ訪問を受ける。「けれども終わりはやはり美しかった。そして白い衣装の少女たちがそうしてくれたのだ。私は自分の部屋のドアを開けた。部屋はまるで洞窟のように青く、ひんやりと暗くなっていた。私は窓を押し開けた。すると彼女たちはこの奇跡の場に来て、笑いで火照った頬の周りを包む月夜の中へ明るく身を乗り出した。そして今彼女たちは、ここにいる二人とも感動して外を視入っている。半ば知っている人、つまり画家、半ば無意識の人、つまり少女……それから彼女たちの中の芸術家が力を得て、ただひたすら視続ける。そして彼女たちの中の芸術家が視入ることに充分没入すると、彼女たちは再び自分たちの本質と奇跡の限界に達して、静かにまた少女の生活の中に滑るように入ってゆく。それ故彼女たちはいつも長いこと風景の中を視入っているのだ。そのように彼女たちは私の窓辺に立っていた。彼女たちの陽気な振る舞いが彼女たちの姿を歪めていた少し前のことだったら、私の部屋へ仕方なく入れたであろう彼女たち二人は今、彼女たちが生きてきたものと一緒に一つの秘密を持ちこんできたのだ。そして私は、私の大きな窓が白くシンプルに縁取りをしてくれた彼女たちの美しさに感謝した。——そのように私は皆に心から別れを告げた。」

二人の「白い衣装の少女」、パウラ・ベッカーそしてクララ・ヴェストホフとリルケはある特別な関係を結んだ。パウラ・ベッカーはブレーメンの鉄道職員の娘であり、イギリスとベルリーンの大学で勉学に勤しみ、一八九八年秋、マッケンゼンの下で学ぶために、ヴォルプスヴェーデへやって来た。彼女が一八九九年十二月ブレーメンの美術館に展示した絵画が、ある影響力の大きい反モダニズムに向いた批評家によって情け容赦なく酷評された後、パウラは数ヶ月間パリで勉強したり働いたりできるのを喜んだ。当時彼女は十歳年長の既婚のオットー・モーダーゾーンに夢中になっていた。その妻が一九〇〇年六月早死した後も、パウラがパリから帰ってきた後も、この二人は、ヴォルプスヴェーデの友人たちがかなり長い間二人の愛について何も気付かなかったほど、分別のある態度をとったのであった。

クララ・ヴェストホフはブレーメンの裕福な輸入商人フリードリヒ・ヴェストホフと再婚の妻ヨハンナの娘であった。パウラ・ベッカーと違ってクララ・ヴェストホフは彼女の芸術家としての野心の実現に際して家族と闘う必要はなかった。彼女は十七歳でミュンヒェンとダッ

23　パウラ・ベッカー（左）とクララ・ヴェストホフ（右）。彼女たちのアトリエにて。

ハウの美術工芸学校へ入って三年間過ごすことが許された。そして彼女の両親は、彼女がパウラ同様にマッケンゼンの下で学ぶために、ヴォルプスヴェーデへ行くことにも反対しなかった。画家であり彫刻家でもあるマッケンゼンはクララの本来の才能がどこにあるのか、すぐさま見抜いた。そして彼女にモデル制作の基礎知識を教えた。クララとパウラを最初の出会いの後すぐに結びつけたのは、ある深い愛情と互いに相補う感情であった。「あの人を私は友達にしたい。」とパウラは一八九八年十二月の彼女の日記に記している。「彼女は大きく、華やかに見える。そして彼女は人間としても、そして芸術家としてもそうであろう。」この二人の若い女性はヴォルプスヴェーデではしばしば一緒に仕事をした。そして余暇の大半を連れ立って過ごしたのである。一八九九年パウラは、マックス・クリンガーの下で勉強していたクララをライプツィヒに訪れた。クララが解剖学を勉強するためにパリへ行った時、その少し後にパウラも彼女を追ってパリに出た。クララはクリンガーの推薦状を携え、ロダンの一門にさえ到達した。彼女はそのロダンについて一九〇〇年秋リルケに詳細に語ったのである。

リルケがヴォルプスヴェーデであの二人の若い女性に会った時、彼の初期詩集にある夢見がちな初恋の体験に対して、半ば憧れを抱きながら、半ば不安を抱き

マックス・クリンガー（一八五七—一九二〇）　彼の技術的手段の素晴しい熟練の技を示すエッチングと並んで、エッチングの自然主義が理想主義的努力と混ざり合う、一部評価定まらぬ記念碑的絵画を制作した。彫刻家としては古代の彩色彫像の修復に努めた。

少女らよ　詩人とはきみたちから学ぶ者
きみたちが何に快く従うか語ることを
彼らは　遙か遠方にいるきみたちから生きることを学ぶ
夕暮れが大きな星星から永遠の時に慣れるように……

たとえ詩人の目が女性を求めても
彼に身をまかせてはいけない
なぜなら詩人はきみたちを少女としてしか想えないからだ
きみたちの手首に想いが宿れば
金襴の重みでも折れてしまうだろう
［以下三節省略］〈シュマルゲンドルフ日記〉一九〇〇年九月十日から

ながら相対して苦しむ少女たちの具体化された姿を目の前に見たと思った。ひとつの顕現。何故なら二人の表情と気質の対照は――パウラはむしろ華奢で活発な、時にはつんと澄ましていて、クララの方は大柄で控えめな、そして思索的であるのは――リルケにはただ独りの人格の両面に、つまりあらゆる地上の期待と要求を免れた、彼が好んで詩人の女神として思い描く少女の形姿の両面であるように思われた。

この二人の少女、特に褐色の注視する目を持つブロンドの画家をじっと見入ることで、私は何と多くのことを学んでいることか！　〈少女の歌〉の当時と同じように、今また無意識で不思議なものすべてを何と身近に感じていることか。彼女たちが夕暮れの前に立っているか、ビロードの肘掛け椅子にもたれてあらゆる輪郭を示しながら耳を澄まして聴き入っている時の、そのほっそりとした姿にはいかに多くの秘密に満ちたものがあることか。彼女たちは最もよく受け入れる人たちなので、私は最も与える者になれるのだ。私の全生涯は形象で満たされていて、この形象をもって彼女たちに向かって語りかけることが出来る。私が経験した全ては、この経験の背後深くに横たわっているものの表現となる。そして私のもとで元来錯綜した事柄と結びついていた感情のニュアンスを、私はしばしば新しい単純な素材をもって呼び起こすことも出来る。
〈シュマルゲンドルフ日記〉一九〇〇年九月十六日

【右引用の】詩の中の少女たちと詩人の関係のエローティシュな性格は否定できないが、明白に語られているわけでもない。性的衝動は創作過程において昇華され、芸術作品として止揚されて、つまり解体され保管もされることになる。

ヴォルプスヴェーデの現実は恐らく全く似たように見えたことであろう。パウラとクララ、具現化した引っ込み思案とボヘミアンの生き方の総合がリルケの心を魅了した。彼は散歩する――ある時はパウラと、それからクララと、またある時は二人と――彼は彼女たちをそのアトリエに訪ねて行き、彼女たちに朗読をし、二人の少女が感嘆する姿を享受した。彼は芸術について長いこと話す――ある時はパウラと、それからクララと、またある時は二人と。彼は愛欲の緊張のあまり空気が軋む音がしたであろうそんな出会いを描いている。リルケはパウラに、あるいはクララに、あるいは二人に本当に夢中になってしまったのか。――それについて日記は何ら情報を与えてくれない。ルーは自分が知らない二人の若い女性に、愛する男が熱中しているのを読んだなら、勿論怒りと嫉妬で煮えくり返ったであろう。なるほどリルケはルーと別れるつもりはなかったが、彼はヴォルプスヴェーデに故郷を創り出そうとしていた。彼がヴォルプスヴェーデの人たちと数日をハンブルクで過ごした後、九月二十七日の日記に次のように書き込んでいる。

「その時私はヴォルプスヴェーデに留まろうと心に決めた。」しかしリルケは既にヴォルプスヴェーデで小さな家を借りていたのに、十月五日突然ベルリーンに戻って来た。何が彼に一見きちんとした計画を一晩のうちに突然ひっくり返させたか、私たちには分からない。熟慮してみてもよさそうである。もしかしたらパウラ・ベッカーとオットー・モーダーゾーンの差し迫った結婚の通知とそれに伴って生じる理想化された《少女》が非常に現世的欲求と計画を抱いた若妻になるという魔力の消滅がある役割を演じたのかもしれない。あるいはリルケが十月二十四日フリーダ・フォン・ビューロウに与えた彼のヴォルプスヴェーデからの別れの理由は、少なくともこの時に当たっていたのだろう。「私の仕事（特にロシアの仕事）が必要としている補助して下さる人々や補助手段全てからあまりに遠くなり、苦労してやっと獲得した研究との関連全てを失う危険を冒すかもしれないことが、明らかとなったのでした。」これに反して、リルケとクララ・ヴェストホフがこの時期既に真面目な結婚の意図を抱いていて、例えば彼らの関係が少々長い別離をも克服できるかどうか、試そうとしたのだ、とは考えられない。

その後数ヶ月間リルケの気分の基調は陰鬱であった。十二月十三日彼は日

少女の嘆き〈新詩集〉から

私たちが皆子供であった年月
心からひとりでいたいと望んだ　その想いは優しかった
他の人々には時が争いの中に過ぎて行ったけれど
そしてどの人にも自分だけの一面があり
自分だけの近辺が　自分だけの遠方があり
一筋の道　一匹の獣　一枚の絵があった

そして私はなお考えていた生は
それぞれ自分の中だけで自分を思念するのを
許し続けてくれると

記に書き記す。「もしどの死にも（どの生とも同じように）一定の限られた猶予期間が割り当てられているならば、日々は私には最後の日々と同様に数えられ、差し引かれなくてはならない。何故ならそれらは地下の日々であり、湿気と腐敗の中の日々だから。」年末リルケとルーの間の緊張が緊迫する。精神的に疲れてルーは大晦日の夜日記にこう書いた。「来年から私が望むもの、私が必要としているものは殆ど静寂のみだ――それ以上に孤独だ、四年前までのような。」三週間後になると彼女はさらにはっきりする。「ライナーが立ち去るために、完全に去ってしまうために私は残酷であることが出来た。（彼は去らねばならない！）」その間パウラ・ベッカーは二ヶ月間ベルリーンに来ていた。そしてクララ・ヴェストホフは二月の最初の二週間この友人を訪ねている。クララはしばしば

24 ヴォルプスヴェーデの古い家。オットー・モーダーゾーンの絵画。1897年。

私は自分の中にいて　最も
大きな世界の中にはいない
のか
私自身にとって貴重なもの
は　もはや子供の頃ほどに
私を慰めることも理解する
ことも望まないのか
不意に私は放逐されたもの
のように
この孤独が私にはあまりに
大きすぎるものになってゆ
く
私の胸の二つの丘の上に
立って
私の感情が　羽ばたき始め
ある終焉の末端にあって叫
ぶ時

リルケと約束し、落ち合った。それから二人の決心が固まった。リルケとクララ・ヴェストホフは婚約した。二月中頃リルケはミスドロイ通りの彼の住居を引き払って、短期間ホテルに移った。ルーはリルケに、彼女が「最後の呼びかけ」と芝居がかった上書きの一通の手紙を送る。この別れの手紙の中で彼女はリルケとの絶交を宣言し、彼は狂気の危険に晒されており、自分自身は彼との関係によって「歪み、憔悴し、過度の緊張を強いられた」と表現している。彼女は自分に通じるリルケの全ての道を塞いだが、――彼女は改めて別れの対話に際して約束をした。「もしいつの日か、遥か後になって険悪な心理状態になった時は、私たちの所が最悪の時の施設となります。」――。けれども他の誰よりも彼をよく知っていて、彼がかくも多くの恩恵を被っている女性との別れはリルケに苛酷な打撃を与えた。二人が生涯に亘る友人になろうとは、二人とも予感もしなかった。

再びリルケは過渡期を越えて正常に復帰しようとした。その際彼は明らかに自分の身体的並びに心理的エネルギーの需給関係に対して顧慮を払わなかった。彼はアルコに母を訪ね、未回収の印税を回収し、ミュンヒェンでのある読書会のため骨を折った。それから三月十五日ブレーメンに行き、この地で彼の身体が自分のために是非とも必要とした休息を与えた。猩紅熱が数週間強制的に彼を病床へと送り込んだのである。この頃ロシア語による詩の草稿二篇を得た。つまりルーと一緒に学んだ言葉による断片の詩である。それら二篇は「私はかくも疲れた……」と「私はかくも孤独だ……」という行で始まる。病が癒えるか癒えないかのうちに、リルケは一九〇一年四月二十八日ブレーメンにてクララ・ヴェストホフと共に結婚式の祭壇の前へと進んだ。彼はヴォルプスヴェーデ近郊のヴェスターヴェーデに共同の所帯を整えるまで義父母と同居した。フランチスカ・レーヴェントロフに宛てて彼は結婚の日に手紙を書いている。彼女の手紙が彼に届いたのは、「その後では私には道が数歩先しか分からない混乱と転覆の時でした……」

二

リルケとクララ・リルケ-ヴェストホフの共同生活は初めの頃、他のヴォルプスヴェーデのカップルが生活しようとしたのと同様の市民的平穏無事と自己満足の特徴を持っていた。――リルケとクララ・ヴェストホフが結

25 ライナー・マリーア・リルケ。パウラ・モーダーゾーン-ベッカーによる未完成の絵画。1906年5月末パリにて。ブレーメンのパウラ・ベッカー-モーダーゾーンハウス所蔵。

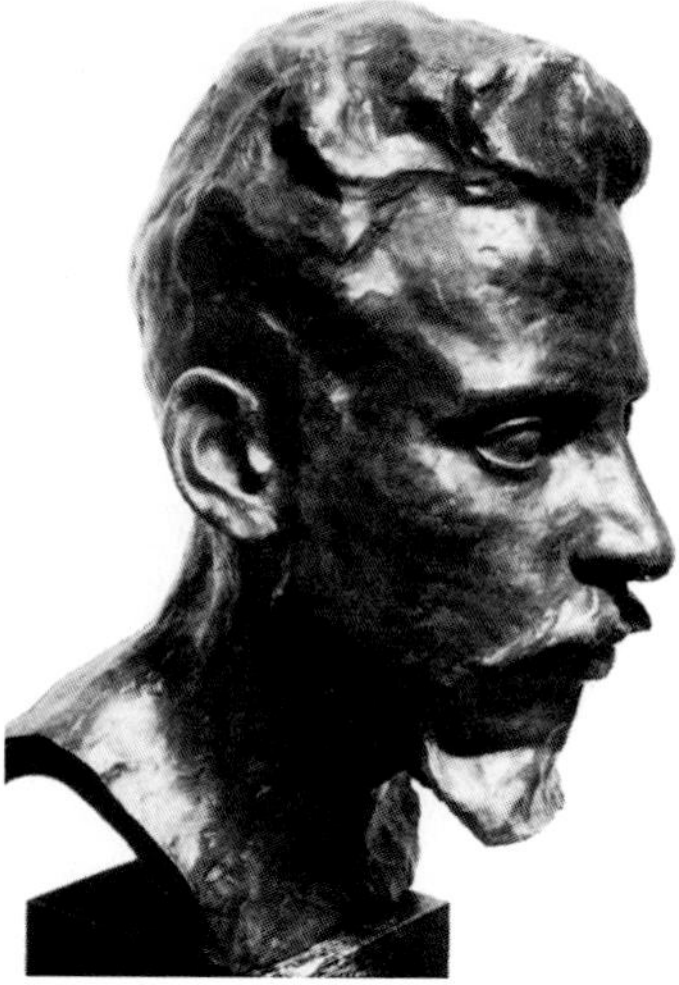

26　1901年のリルケ。クララ・リルケ-ヴェストホフによる胸像。

婚したとほぼ同じ頃オットー・モーダーゾーンとパウラ・ベッカーも結婚したし、一九〇一年ハインリヒ・フォーゲラーもまた彼の長年の恋人マルタ・シュレーダーとともに結婚式の祭壇へと進み出た。一九〇一年の五月をリルケ夫妻はドレースデン近郊ラーデボイルのサナトリウム［ヴァイサー・ヒルシュ］で過ごし、その後ヴォルプスヴェーデ近傍ヴェスターヴェーデの、リーリエンタールからヴォルプスヴェーデに向かう街道の脇道にある農家に引き移った。

夏にはリルケとクララはプラハへ旅行して、リルケの父親を訪問した。そしてエーミール・オルリークとも出会った。その後ヴェスターヴェーデに多くの訪問客が来た。先ずヨーゼフ・リルケ、それから明らかに時間的間隔をあけてゾフィー・リルケ、リルケの義理の父と義理の兄弟も客となったし、終には画家の

ユーゲントシュティール　「独特に様式化された自然の形によって躍動的且つ装飾的線形でもって、グリュンダーツァイト［泡沫会社群生時代一八七一－一八七三］の歴史的なものを強調する表現に反対する」一九〇〇年頃の造形芸術の一傾向（ゲーロー・フォン・ヴィルペルト：文学事項事典　四版、シュトゥットガルト　アルフレート・ケルナー一九六四）。ユーゲントシュティールの最も著名な代表者は建築家ヘンリー・

メルヒオール・フォン・フーゴー、小説家フリードリヒ・フーフ、そして詩人ルードルフ・アレクサンダー・シュレーダーも客となったのである。
経済上の心配の徴候が既に現れたとしても、リルケは一九〇一年の秋には正しく創造的な段階を体験した。九月には彼は注目に値する短編〈竜を討った男〉を書いた。そして同じ月の一週間の内に〈時祷詩集〉の第二部〈巡礼の書〉が成立し、彼は同時にその出版で心を痛めている。十一月ベルリーンのアクセル・ユンカー社から小さな小説集〈最後の人々〉が出版された。そして彼は同じ月出版社に、一九〇二年七月出版される〈形象詩集〉の原稿を送った。〈形象詩集〉からの個々の詩は、例えば〈結びの詩〉、あるいは多く引用される詩〈秋の日〉は、更に成熟したリルケの作品と比較しても遜色がないであろう。

主よ　時がきました　夏は偉大でした
あなたの影を日時計の上にお置き下さい
そして野の上に風をお放ちください
最後の果実にみちるよう命じ

ヴァン・デ・ヴェルデである。アルトゥーア・シュニッツラーやフーゴー・フォン・ホフマンスタール、リルケ、そしてシュテファン・ゲオルゲが個別の作品でユーゲントシュティール風の特徴を示しても、この概念の文学への転用は議論の余地が残る。

彼らになお二日ほど南国の日差しをお与え下さい
彼らを成熟へと促し　最後の
甘美な汁を重い葡萄の房にお入れ下さい

いま家のない者は　もはや家を建てることはないでしょう
いま孤独でいる者は　永く孤独のままでしょう
眠ることなく　本を読み　長い手紙を書くでしょう
そして並木道をあちらこちらと
不安げに彷徨うでしょう　落葉が散り交う時に

一九〇二年九月に書かれ、一九〇六年に出版された〈形象詩集〉第二版に組み入れられたこの詩の最後の詩節はリルケがパリに到着した当時の彼の心理状態を窺わせる。彼の実存の不安は、取分け一九〇一年の秋以来彼とクララが陥った金銭上の困窮に因る。リルケとクララのように、生活を金の稼ぎにではなく芸術に捧げてしまった二人の人間は、その後何とかしてやっと暮らしてゆくことは出来たのだが、十二月十二日ヴェスターヴェーデの家にリルケのただ一人の子供、娘の

フリードリヒ・フーフ（一八七三―一九一三）　作家、女流作家リカルダ・フーフのいとこ。彼は長編小説――リルケに書評された〈ペーター・ミヒェル〉（一九〇一）を書いた。その他〈兄弟〉（一九〇三）、〈変転〉（一九〇五）そして〈マオ〉（一九〇七）――それに戯曲〈三つのグロテスクな喜劇〉（一九一四）を書いた。

ルートが誕生した。小さな子供の世話はそうでなくても、経済上の問題をなお一層不安なものにした。

リルケは自分と家族のための生活費を二五〇マルクと見積っていた。それは特に多いというわけではないし、クララも半分を負担するつもりであった。しかし一二五マルクを工面することさえリルケには困難であったのに、その上彼の従姉妹たちは一月に、ヤロスラフ・リルケの遺産からの扶助は一九〇二年中頃まではどうにか支払うと通知してきたので、なおのこと困難になった。リルケの本は何も利益をもたらさないも同然であって、今までになく熱心に収入源を得ようと努力した。その際これから先の彼の人生が経過して行くうちに真の芸術形式へと発展することになる、ある手段を導入した。無心状である。ブレーメン美術館の館長グスタフ・パウリ、ブレスラウの美術史家リヒャルト・ムーター、丁度新しい雑誌を創刊したばかりのフラマン語の詩人ポル・デ・モントに宛てて彼は手紙を書いたし、またアクセル・ユンカーに、ユンカーが彼を出版社の「文

女性にとって――私は確信していますが――子供は完成であり、あらゆる疎遠と不安定からの開放なのです。子供は精神的でもあり、成熟のしるしでもあります。そして私は次のことを心から確信しています。即ち、子供を持ったことがある、子供を持ち、子供を成熟した男性と異なることなく愛している芸術家である妻は、芸術家の世界のあらゆる高みに到達できる能力があります。その高みには男性も同じ前提の下にあれば、つまり彼が芸術家であるならば、到達出来ます。一言で言うと、深い芸術家的努力が自分の中に息づいている女性は、彼女の成熟と完成の瞬間から、男性芸術家と同様に、彼は最高の時間の中にあっても孤独にその目的を信じておりますが、彼女も同一の法外な目的に対して正当な権利を持ち天職にあるものと私は思っております。

ユーリエ・ヴァインマン宛　一九〇二年六月二十五日

27　夏の夕方。ハインリヒ・フォーゲラーの絵画　1905年、ブレーメン、ベットヒャーシュトラーセ・コレクション所蔵によるカラー印刷。

学補助員」として使えないかと問い合せをし、プラハの「コンコルディア」の秘書ハインリヒ・テヴェレスにも彼は貸付金を頼んだ。そしてアレクサンダー・フリードリヒ・フォン・ヘッセン方伯にさえも彼は朗読者か御伽役の職を得ようと応募したのであった。支援者と思われた人たちに宛てたリルケの手紙全てがもたらした成果は殆ど無かったが、ヴェスターヴェーデ時代のリルケは際立って勤勉であった。何はともあれパウリは「ブレーメン日刊新聞」の書評を彼のために斡旋した。リルケはフリードリヒ・フーフ、ヘルマン・バングの新刊書やトーマス・マンの〈ブッデンブローク家の人々〉（《この名前を絶対に書き留めなくてはならない》）、更にスウェーデンの教育

ところで、「結婚」そのものには、その本質の旧来の展開によって、結婚に与えられたほども強調は得られないものだ、というのが私の意見です。独り者から、彼が「幸福」であることを望むことなど誰も思いつきませんが、——ある人が結婚して、その人が幸福でない時、人々は大変驚きます。（この場合幸福であることは、実際には全く重要ではないのです。独り者であろうと、既婚者であろうと）結婚とは生活状況の単純化であり、その結合は当然二人の若い人間の力と意思の集積となりますので、二人は一つ

学者で女流作家エレン・ケイの本〈子供の世紀〉も書評したが、彼女は間もなく数年の内にリルケの最上の友人に数えられることになる。彼はハインリヒ・フォーゲラーについての論文を書いた。この文を一九〇二年の春モノグラフ〈ヴォルプスヴェーデ〉の中に収めている。――これもパウリによる斡旋のパンのための仕事であって、彼はフォーゲラーの仕事と並べてマッケンゼン、モーダーゾーン、オーヴァーベックそしてハンス・アム・エンデを紹介している。一九〇二年一月リルケに与えられることが決定した［コンコルディア］の作家奨励金は一時的に経済的な軽減をもたらしたのである。若い父親が自らに与えた休養はホルシュタインのハーゼルドルフへの二度の訪問だけであった。抒情詩人エーミール・シェーナイヒ-カーロラート公子が一九〇一年夏リルケに彼の館を訪ねてくるよう招待したのだ。一九〇一年九月末にリルケと妻は数日間ハーゼルドルフを訪れたが、一九〇二年夏は数週間単身この地で過ごした。彼はこの館の安息と寂寥を享受したが、また少なくとも一時的にせよ故郷を見出したという幻想をも享受し、更に〈形象詩集〉の校正を読み、多くの時間を館の文書保管室に引きこもった。そこで彼は書籍とか一連のドイツ-デンマークの家族の歴史についての書類や手紙を詳細に調べ、所蔵されている肖像画に

になって未来へ、以前よりもっと先へ到達するように思われます。――一人ということ、それはセンセイションであり、これによっては生きられません。何よりも結婚は新たな使命であり新たな厳粛なのです。――新たな要求であり、結ばれた各々の力と善意についての問題でもあり、二人にとっての新たな大きな危険なのです。

エマヌエル・フォン・ボートマン宛　一九〇一年八月十七日

没頭した。無計画で、いかなる目的でこれら全てを行っているのか彼自身が分からなかったのに、書き写したり、抜粋して書き取ったりもした。リルケがこれらの古い資料から取り出した素材のかなりのものやハーゼルドルフの館とその周辺の印象の多くは、後に〈マルテ　ラウリッツ　ブリッゲの手記〉Die Aufzeichnungen des Malte Laurids Brigge の中へ流れ込んで行った。

リルケがハーゼルドルフの館で古文書を漁っている間、クララはルートを連れてアムステルダムの友人たちの家に滞在していた。金銭の心配だけがリルケとクララの間を緊張させてしまう唯一のものではなかったと思われる。クララの考えや意見はリルケに著しく影響されていた。あまり強く影響されていたので、友人パウラは一九〇二年初め彼女に手紙で次のように述べたほどだった。「貴女の言葉からはリルケさんのお話があまりに強く、あまりに情熱的に聞こえてきます。いったい愛は、誰かが他の人と同じになるよう、求めるのでしょうか。」

結婚一年後、リルケとクララにとって市民的基準による夫婦共同生活が長くは機能しないことが、明確になってしまったように思われた。その場合、経済的、心理的そして職業的根拠も重要であったと言える。少なくともリル

リルケは彼の子供に優しく向き合うことが出来なかったし、実際彼はこの小さな生きものに正しく脅かされていると感じていた。一九〇四年のクリスマスに妻と子供を訪ねた後、クリスマスを過ごし、鐘の音を聞いたり、彼方、静寂、幼年時代を聞くのは、辛いことだ。新しいもの、それはルートのことだが、理解するのは困難だった――彼女の愛らしい、探るような、意に沿おうとする気持ちを知ってそこにいるのは辛いことだし、愛することは更に困難だ。愛情から発する気配り、力、善意そして献身を持つことも。途方にくれて、これが私の全てだったが、あ

ケは自分の芸術家としての更なる発展にとっては孤独の形が必要であることは感じていたが、それはクララの希望ともルートの欲求とも合わなかった。そのためリルケは一九〇二年夏リヒャルト・ムーターによる「挿絵入りモノグラフ叢書」の中のオーギュスト・ロダンの巻を書く目的のためにパリへ行くようにとの提案を受けて、八月末ヴェスターヴェーデを発った。彼は所帯の解消をクララに任せ、その間クララは小さなルートをオーバー・ノイラントの祖父母に預けた後、二人は十月初めに入るパリの住居の心配をしていた。パリでは、平日は二人のいずれも自分の仕事に没頭し、日曜日だけ顔を合わせるにせよ、リルケとクララはまだ一緒に暮らしていた。その後ローマで二人は別々の住居に移ることになる。更にその後、コンタクトは絶対に切られることはなく、手紙の上でも一時期非常に集中的に維持されたが、彼らは二、三日以上共に過ごすのはまれになった。

リルケが自分の幼年時代の中心となる苦悩の体験、情緒的寂寥感を彼の娘に如何に早くから伝えていったか、そして空間上の隔離によって更に悪化させさえしたかは、注目に値する。リルケは娘との最初の十年の中の丸一年半を一緒に過ごした。そして決して深刻な疑念に苛まれることも無く、妻と子

らゆる外部の不安の最中にあって誰かであり、私がなりたいと思う者であることは難しい。《小さな声》が私に向かって話しかけるのに、それに対して準備も無く、充分心安らかなとは言えない時、……私は気もそぞろにぼんやりしてしまう……「そのような子供の手が何かを掘り出し、取り出して、つくづくとそれを見詰めるように、ああ、その手が私を全く価値の無いものと見做しているに違いない、そう私は思っています。」

ルー・アンドレーアス・ザロメ宛　一九〇五年一月七日

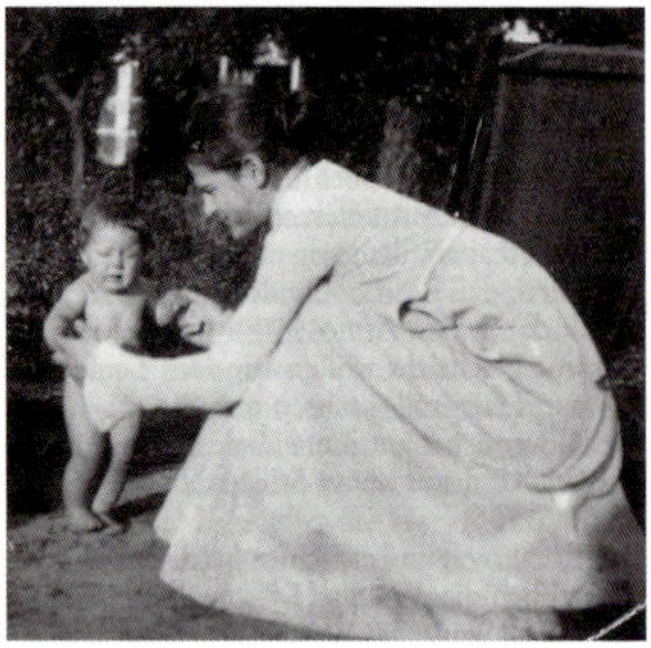

28　ヴォルプスヴェーデでのクララとルート。

供から去る決意を固めた。後にルートが子供の年齢を越えて成長し、彼がルートと文通することも、彼女に本を贈ることも、彼女の教養に気を遣うことも出来るようになった時、父親であることがリルケの気持ちを安らかにしたのである。リルケは意識的に悪意を持って自分の子供に接したのでは全く無い。彼は子供に対する関係を構築する状況にはなく、全く未知の人間と向き合っていることを悩んでいたのだ。

三

八月二十八日リルケはパリに到着した。プラハ時代からの知人の作家アルトゥーア・ホリッチャーの薦めに従って、リュクサンブール公園近くの学生街の一部屋を借りた。この最初の住居は、パリ　トゥリエ通り　十一番地。――〈マルテ　ラウリッツ　ブリッゲの手記〉がこれをもって始まる住所である。パリで

結婚において、全て全体を取り壊し、転覆することによって急速な共同体を創り出すことは、私の気持ちでは重要ではありません。むしろ良い結婚とは、誰もが相手を自分の孤独の番人に任命し、相手に自分が付与しなければならないその最大の信頼を示す結婚のことです。

エマヌエル・フォン・ボートマン宛　一九〇一年八月十七日

の最初の数日リルケはルーヴル美術館、ノートルダム大聖堂、リュクサンブール美術館そしてパンテオンを見物した。九月一日オーギュスト・ロダンをそのアトリエに訪ねた。その翌日ロダンは彼を郊外ムードンの別荘へ招待する。六十二歳の彫刻家は、まだ全く聞いたことも無く、その本を読むことの出来ないこの若い詩人に対して明らかに好感を抱いた。リルケがその数週間殆ど毎日ロダンと会っていたことを書き記したクララ宛の手紙からは感激してしまったさまが見て取れる。このドイツ語の詩人はフランスの彫刻家を自らの手本にしようとしていた。

ロダンと同様リルケもまた近年自ら「値しない仕事」に強いられていると感じていた。しかし彼をパリへと導いたパンのための仕事から来る圧迫に対して、彼はロダンとの出会いによって自分に言い訳が立つと見ていた。数日も経たないうちにリルケはこの人の面前でも既に以下のことをあえて直接、芸術家として如何に生きるべきか、と尋ねても安心だと感じていた。ロダンは

29 「私は先ずトゥリエ通り　11番地に住んだ。これは全く良かったが、大学生の生活の真っ只中に、狭すぎる路地の中にありすぎた。12の窓が向かい側から私の窓に向けられていた。……5週間後ここへ移ってきた。ラベ・ドゥ・レペ通りは裏通りだ。……6階の私の部屋にはバルコニーがあって、その前には庭園、それからパンテオンの丸屋根と組み合わされた家々の構図が広がる。大空と朝と夕暮れ……」　トゥリエ通りから〈マルテの手記〉が始まる。「そう、それで人々は生きるためにここへ集まって来るが、むしろここでは死んでしまうように思ってしまう……」

答える。「働カナクテハイケマセン、タダ働クコト。ソシテ忍耐ヲ持タナクテハイケマセン。」Il faut travailler, rien que travailler, Et il faut avoir patience. 働くこと、働くこと以外何も無く、そして忍耐を持つこと。ロダンの言葉はリルケの芸術家としての信条となった。ロダンに従って生きることに、彼は決して長くうまく行くことはなかった。それにもかかわらず、リルケは自分の信念の正しさを如何なる時にも疑わなかった。「働いていることは、良いことだ。」はリルケにとって「自分と世界とが一致していること」と同義語となった。パリに来て彼は仕事を始める。彼がロダンのアトリエで仕事をしている巨匠の姿を見ない時は、彼はルーヴル美術館を見学し、そこにあるボッティチェリ、レオナルドそして古代の作品に最も魅了されたか、あるいは国立図書館に行った。図書館で彼はジェフリーとか近代フランスの作家たち——ボードレール、フローベールそしてゴンクール兄弟たち——の作品を読み、中世の大聖堂の復刻本に没頭し、〈マルテの手記〉の中の歴史的人物たちの重要な出典の一つとなった〈ジャン・フロアサールの年代記〉を研究した。その上グリム兄弟の〈ドイツ語辞典〉を計画的に研究したが、それは言語的装飾を求めてではなく、語の意味の多様性を利用するのを学ぶためであり、意味に関して厳密に書くためであった。彼がその後数年間展開した芸術家的目標は――観念を表現し得るものの限界にあって言葉に変化させようとする目標は――構文上の正確さと同様に、出来うる限り多くの語彙をも求めるものであった。

リルケ自身、自分の作品に対するロダンの影響を非常に大きなものと見做していた。事実、リルケがこのフランス人の特性として強調したものは、〈フィレンツェの日記〉以来既に彼の芸術理論の中に見出されるものであった。それは即ち、目的から自律した芸術の自由、感情や想像より重要で、芸術家の最も重要な使命としての厳密な観察である。孤独な人間としての芸術家はロダンで初めて知ったのではない。ミケランジェロ、イワーノフそしてトルストイも孤独な人間として既に認めていた。その後彼はボードレールやセザンヌやヴァン・ゴッホの中にも偉大な孤独な芸術家を知ったのであった。もしかしたら彼はロダンの中に、既に歩き出した道で大きく先を越して衝撃を与える父親の形姿に出会ったのかもしれない。

十月の初めクララはパリに到着した。リルケと妻は「私たちがまだ決して働いたことが無かったほど、働こう」という固い決意を持って、ラベ・ドゥ・レペ通りへ引っ越して来た。リルケはヤーコプ・ヴァッサーマン、ジークフリート・トレービチ、カーリン・ミカエーリス、リヒャルト・ムーター他の新刊書の書評を

ドイツ語辞典　ヤーコプ（一七八五―一八六三）とヴィルヘルム（一七八六―一八五九）のグリム兄弟によって創められた全てのドイツ語の単語の収集。一六巻で計画されたこの作品の第一巻は一八五四年に出版され、一九六〇年に完結した。

したり、出版社アクセル・ユンカーのために臨時の原稿審査係を引き受けた。そしてパリに住んでいるスペインの画家イグナシオ・スロアガやノルウェーの詩人ヨーハン・ボイエルと、同様にこの地に住んでいたその妻とも近づきになった。九月以来リルケの側から急速に個人的になっていった文通相手のエレン・ケイがボイエル夫妻との接触を仲介してくれた。十一月リルケはロダン-モノグラフの執筆に取り掛かった。この仕事と同様委託された仕事が彼にとって増大してゆく重荷となっていこうとも、彼の論文、本の批評そして彼の二冊のモノグラフは、批評家の仕事、解釈者の仕事が芸術家の修行時代における彼には、内面的にも手近なことを示している。ヴォルプスヴェーデの画家たちについてのモノグラフのわずか一ヶ月後の、一九〇三年三月既に出版された、リルケの〈オーギュスト・ロダン〉は芸術史的論文ではなく、ひとりの造形芸術家への、ひとりの言語芸術家による非常に個人的な告白である。一九〇七年の第三版以来このモノグラフは〈オーギュスト・ロダン　第二部〉と表題の付けられた講演と一緒に出版された。講演は一九〇五年ドレースデンとプラハでリルケによって行われ、その中で彼は人間ロダンを講演の中心に置いたのである。

リルケの懸命な仕事にも拘らず彼とクララの経済的困窮は殆ど好転しなかった。

彼のロダン本からは全部で一五〇マルクしか手に入らず、それではわずか一ヶ月分にしかならなかった。そして手持ちの金ではクリスマスにオーバーノイラントへ行くのにも全く足りなかった。そこでリルケとクララは年末、年始をパリで迎える。リルケは疲れ果て、絶えず新しいインフルエンザの症状に苦しんだし、そしてこの街にまだ殆ど耐えられなかった。〈神様について 他〉に感激して受け入れ、彼の名前をスウェーデンに広めようとしてくれたエレン・ケイの好意的な評価はリルケを少々励ましたが、この友情が彼に新たな展望を開くかどうかの見通しは立たなかった。突然別な文通でリルケは自分がまだ慣れない役割、つまり助言者の役を負ってしまったのを認める。この年の初めヴィーン＝ノイシュタット陸軍大学校の学生フランツ・クサファー・カプスは何篇かの詩の鑑定をリルケに頼んできた。リルケはその返事の中で

30　オーギュスト・ロダン（1840—1917）フランスの彫刻家。ロダンはミケランジェロとゴシック芸術から強烈な芸術的感銘を受けた。彼の仕事の特徴をよく表わしているのは動的な、皺の刻み込まれた表面であり、その面の上で光と影が印象深い効果を上げている。彼の彫刻作品のスケッチ風の断片的な性質から——多くの彫像は塊［ブロック］から部分的にしか作り出されなかった——特別な魅力が発散している。最も有名な作品は〈青銅時代〉（1876—1880）、〈カレの市民たち〉（1884年以来、1895年カレ市に建てられる）、〈考える人〉（1889—1904）そして〈バルザックのための記念碑〉（1892—1897）である。

重要なことは、夢を見続けたり、計画に留まったり、気分に浸ったままであったりせず、常に全てのものを力の限りを尽くして物の中へ移すことだ。ロダンがそうしたように。なぜ彼は貫徹しえたのか。喝采を博したからではない。彼には友人はわずかしかいない。そして彼が言うところでは、彼の名は禁書目録に書かれているのだ。しかし彼の作品は存在した。それは誰も超えることの出来ない、途方も無い圧倒的な現実であった。それをもって空間と権利を勝ち取った……ロダンが自分の「創造した」物たちの間を歩き回っていると、青春、確信そして新たな仕事が絶えず物たちから彼に向かって押し寄せてくるのが感じられる。彼が迷うことはあり得ないだろう。彼の作品は偉大な天使のように彼の傍らに立ち、彼を護っている。……彼の偉大な作品！

クララ・リルケ宛　一九〇二年九月五日

直ちに問題の本質に照準を当てたのである。「御自分の中へ入って行きなさい。貴方に書けと命ずる根拠を探求して下さい。……書くことを拒まれたら死なずにはいられないかどうか、自分自身に告白して下さい。何よりも先ず、貴方の夜の最も静かな時間に、自分は書かずにはいられないのか、と自分自身に尋ねて下さい。深い答えを求めて自己の内を掘下げて下さい。そしてもしこの答えが肯定ならば、……その時は、貴方の人生をこの必然にしたがって築いて下さい。貴方の人生は、最も詰まら

リルケは詩〈豹〉を、彼の新しい創作法の最初の成果と見做していた。この詩は〈新詩集〉からの最初期の、そして恐らく最も有名な一篇であろう。この詩の成立の前提は詩人が自己の感情の世界に没入することではなく、外界で観察された対象へ精神集中することであった。

豹の眼は通り過ぎる鉄柵のために
疲れてしまって　もう何も留めない
豹には　数限りない鉄柵があって
その数限りない鉄柵の背後には世界はないかと思われる
この上なく小さな円を描いて

ない、最も取るに足らぬ瞬間に至るまで、この渇望の現われとなり、証明にならなければなりません。」この両者の文通は、大きな中断はあったものの、五年以上に及んだ。八歳年下のカプスに宛てたこれらの手紙の中で、リルケはだんだんと自分の人生観全体をテーマにするようになる。時々、この手紙を受取人のためだけでなく、自己確認のためにも書いた、との印象は禁じえない。リルケの死後これらの手紙は〈若き詩人への手紙〉の表題の下で出版され、それ以来繰り返し版を重ねたし、数多くの外国語に翻訳されもした。

抑鬱状態で、疲れきって一九〇三年三月リルケは繁忙なパリを去ってイタリアの方向へ向かう。ヴィアレッジョでは、一八九七年当時と同じ家ではなかったが、彼は嘗ての宿の主人マルファッティの所に泊まった。彼は海辺の小さな藁葺きの小屋を借り、翌週から取り分け三つの事に勤しんだ。即ち、読書、執筆そして海水浴である。他の客たちとの接触を求めず、アルコから彼を訪問しようとした母とも会うのを断った。このようにして彼は仕事のための最上の前提を創った。そして彼は報われることになる。四月中頃一週間で〈時祷詩集〉第三部、〈貧困と死の書〉が成立。これには

回る
しなやかで強靭な足取りの滑らかな歩行は
そこに大きな意志が麻痺して立ち
一つの中心をめぐる力の舞踏のようだ

ただ時折瞳孔の帳《とばり》が音も無く開く――その時ひとつの形象が入り
四肢の張りつめた静寂を通り心の中で存在を終えてしまう

［一九〇三年パリで書かれた。しかし前年末既に執筆した可能性もある。一九〇三年九月発表。］

その前の二冊の本と全く同様に汎神論風観念や文化的、宗教的批判の要素が含まれていた。しかし新たに幾つかのテーマが加わる。それらのテーマは数年来リルケの関心を引いたが、これまでまだ殆ど作品の中へは入って来なかった。即ち、固有の死の観念であり、大都会の生に対する敵意の論争、神への近さとしての貧困の見解である。

〈時祷詩集〉における「貧しい人々」は、なるほどリルケがパリで初めて見たのではないが、恐らく初めて認識した大都会の社会の中に生活するアウトサイダーたちであった。自身の貧困化に対する不安で一時も安らぎを与えられないリルケは　この貧しい人々に〈貧困と死の書〉の詩集の終わりにある物質の所有を放棄し、正にそれ故にこそ神に一層近く立っているあの聖フランチェスコの理想的形姿を対比させた。その背後には、物質的財産の追求が生の本質的な事象への集中を――そしてこの本質的事象はリルケにとって精神の領域に存在する――妨害する、という想念があった。

おお　何処にいるのか　所有と時間から抜け出し
衣服を脱ぎ捨て広場を　裸のまま
司教の衣の前へ悠々と歩み出るほどに
逞しくなって　その偉大な貧しさに達した人は
［……］
理想的形姿としてのアッシジの聖フランチェスコ
〈貧困と死の書〉

四

ヴィアレッジョでリルケが汲み取った力は長くは持たなかった。パリへ戻るとたちまち新たにインフルエンザの発作が始まり、抑鬱状態もすぐまた彼に取り付いたのである。絶望した彼は六月二年以上も間を空けて初めてルー・アンドレーアス・ザロメに相談した。彼は彼女の滞在地を知らなかったので、手紙はルーの友人のヨハンナ・ニーマンを通じて届けられた。彼はルーに再会したがったが、彼女はさしあたり接触を手紙の上でのみ再び受け入れることを望んだ。七月と八月リルケはこの友人に彼の苦境を九通の長い手紙で記述している。そしてルーは、この後将来に亘って、リルケの死に至るまで為すであろうことを行った。即ち、彼女は指示し、忠告し、慰め、そして途方にくれているリルケにこのようなやり方で彼が生きている間、恐らく唯一の確かな基準点を示した。

リルケの結婚は失敗に終わった。彼は生とうまく折り合ってやっていけず、仕事においても進歩することなく、日常生活をも克服できなかった、という感情がぬぐえなかった。――乗合馬車に乗ることさえ、彼にはトラウマ的経験となった。

「……あるがまま私であること、私に定められた生を生きること、他の誰もが響かしえないほどに、響かせようと望むこと、私の心に命じられている花を咲かせること、――これらを私は欲します――そしてこれは不遜ではありえません。」
エレン・ケイ宛
一九〇三年四月三日

愛するルー、私は言いたいのです、パリは私にとってあの幼年学校と同様の経験だった、と。当時大きな不安な驚きが私の心を捉えたように、今また言いようの無い混乱の中で生と呼ばれている全てのものに対する恐怖が私を襲ったのでした。私が子供たちの中の一人の子供であった頃、私は彼らの中にあって孤独でした。そして私は今またそれらの人々の間にあってどんなにか孤独だったでしょう。私が出会った全てのものからどんなに絶え間なく拒絶されたことでしょう。馬車が私の中を通過して行きました。そして急ぎの馬車は私を避けようとはせず、軽蔑も露わに私の上を走って行ったのです。まるで古い水のたまっているひどい場所の上を走りでもするかのように。
ルー・アンドレーアス・ザロメ宛
一九〇三年七月十八日

「乗合馬車は不器用な私のためには造られていない。」彼は自分自身に対し高い要求を課し、己を過酷に苛む傾向にあり、それが更に人生を生き難いものにした。打開策を見出そうとする彼とクララの試行錯誤は破綻する。七月初め彼らはヴォルプスヴェーデへ帰り、フォーゲラー一家の元へ行くが、リルケはその間にヴォルプスヴェーデの住民たちとは疎遠になってしまった。八月フォーゲラーの二人目の娘の誕生が切掛けで、リルケはオーバーノイラントの義父母の元へ行った。そこの地で彼は家族を

何故なら、主よ、大都会は
見捨てられ　ばらばらに解体された街ですから、
最大の都会はまるで劫火を恐れて逃げ惑うかのようです
そして慰めが彼らには慰めとはならず、
彼らの無意味な時間は流れ去って行きます

都会には人々が暮らしていますが　辛く惨めな暮らしです
奥まった部屋のなかで　不安げな身振りで
家畜の初仔の群れよりもっとおどおどして
そして　戸外ではあなたの大地は目覚め　息づくのです
彼らはそこにいながら　もはや目覚め息吹くものを知りません
〈時祷詩集〉より

いまなお養えないことを非難されたのである。動脈硬化を病み、躁症の傾きのある義父と一緒に暮らすことは困難になっていった。リルケとクララはマリーエンバートへ行き、そこで彼らはリルケの父と会って、それからヴェニスとフィレンツェへ行った。九月に二人は遂にローマに到着した。クララはシュトロール‐フェルン邸のアトリエ兼住居に入り、リルケは十一月の終わりまでカンピドリオ通り五番地に住み、それからシュトロール‐フェルン邸の庭園にある見晴らしの良いアパート（ストゥディオ・アル・ポンテ）へ移った。ローマではリルケはパリにいた時ほどは不安に悩まされなかったが、居心地良く感じてもいなかった。彼は天候を嘆き、都会の美術館の性質を嘆き、なかなか良くならない健康状態を嘆いた。彼が予定していた仕事は捗らなかった。なるほど新年の初め彼は後に〈新詩集〉の最後に置かれる三篇の大きな詩〈遊女の墓〉、〈オルフォイス・オイリディーケ・ヘルメス〉そして〈ヴィーナスの誕生〉の創作に成功し、二月八日には〈マルテの手記〉

31　ローマ市　シュトロール‐フェルン邸の庭園にあるストゥーディオ・アル・ポンテ内のリルケ。1904年。「……大抵私が使っている立ち机が部屋の中央にあるので両方の窓が楽しめました。」

32　ライナー・マリーア・リルケとクララ・リルケ - ヴェストホフ。1903年末ローマにて。

を書き始めている。しかしそれは数篇の詩と数ページの散文に過ぎなかった。心中彼は程なくもうローマに別れを告げていた。仕事へ帰り行く道をそこでは見出せないであろう、況や母が尋ねてきた後ではますますもって不可能だ、と感じていた。リルケはパリを、日本と戦争状態にあるロシアを追想した。彼はイェンス・ペーター・ヤコブセンについての本を書く計画を立てていたので、デンマーク語の文法書を買い、セーレン・キルケゴールを読んだ。初めてヤコブセンを読んで以来、彼が抱き続けた、デンマークを知りたいという望みは再び命を吹き返した。エレン・ケイとの友情が彼にこの計画を具体化することを可能にした。エレン・ケイは四月イェーテボリとルントで彼女が賞賛したリルケについての講演をし、彼のためにスウェーデンへの招待の世話もした。またも彼は居住地を引き払って、一九〇四年六月北欧へ旅立った。エレン・ケイに招待を感謝したローマからの手紙の中で彼はこう書いている。「私には、あたかもこれが転機であり、そして多くの良いことの幸先のよい開始であるに違いないと思われます。」

エレン・ケイ（一八四九―一九二六）　スウェーデンの女流作家、教育学者。主要な著書〈児童の世紀〉（ドイツ語版一九〇二年。リルケが書評した。）、〈魂と作品〉（一九一一年）。

「眼の仕事は果された、……」

一九〇四年六月二十四日リルケは嵐の海を渡ってコペンハーゲンに到着した。彫刻美術館を見学した後、スウェーデンへ更に船旅を続け、スウェーデンではボーアビュー - ゴーのハンナ・ラールソンと画家エルンスト・ノルリントの客となった。ここで過ぎ去った数ヶ月の過労から休養をとり元気回復した。リルケは周囲の環境を楽しみ、ノルリントがロシアに旅行に行ってしまってからは、孤独をも楽しんだ。大いに散歩して、ボーアビュー - ゴーの歴史に没頭し、ヤコブセンやヘルマン・バングを原書で読んで、キルケゴールの婚約者への手紙を翻訳した。八月の終わりリルケは遂にエレン・ケイとも会った。彼女の主要な作品は、〈児童の世紀〉（一九〇〇年）、社会参加型の作品であり、児童の人格に対する尊敬のため両親と教育者に向けられた、この論告をリルケは一九〇二年六月［ブレーメン日刊新聞］の中で書評したことがあった。

八月の終わりクララが二、三週間スウェーデンに滞在し、エレン・ケイが一週

セーレン・キルケゴール（一八一三—一八五五）デンマークの神学者であり哲学者。キルケゴールは単なる知的なキリスト教の受入れを拒否した。「単独者としてのキリスト教徒の実存は、あらゆる順応と仲介の彼方にあって苦悩の途にあるキリストに倣うことである。この実存は単独者の事象である。」キルケゴールの著作は第一次世界大戦後大きな意味を獲得した。二つの最も重要な現代の運動が彼に起因する。即ち、ドイツ・プロテスタンティズムの自由主義（弁証法神学）からの離反と実存哲学である。

間ボーアビューで過ごした後、三人でフュリュボリのエレン・ケイの友人たちの元へ行った。その後リルケの家族はコペンハーゲンに向かい、そこで著述家ゲオルク・ブランデスやカーリン・ミカエーリスと知り合う。彼は相変わらず最上の健康状態にあるとは感じられないので、コペンハーゲンで診察してもらった。診断は――貧血症、循環器障害、疲労であった――意気消沈させるほどのものではなかったが、リルケがスウェーデンで沢山の計画を立てながら、――ヤコブセンについての本を書くこと、研究を始めること、旅行することなど、――何故、若干の詩以外、殆ど何も完成しなかったかを明らかにしている。その上彼は〈旗手リルケ〉を改訂している。スウェーデンで完成した第二版は一九〇四年秋〈旗手オットー・リルケの愛と死の歌〉のタイトルで出版された。一九〇六年春、更に手を加えた後初めてこの作品は最終稿の形式と〈旗手クリストフ・リルケの愛と死の歌〉の表題を得た。〈白衣の侯爵夫人〉もリルケはスウェーデンで改訂している。そして遂に、彼は二月ローマで書き上げた〈マルテ　ラウリッツ　ブリッゲの手記〉の冒頭部分の浄書を仕上げた。この小説の冒頭も勿論後にまた破棄されることになる。

健康上の理由とは別にリルケは詩作の全く新しいテーマに没頭するのを思いと

33　イェーテボリ近郊のヨンセレドにあるフュリュボリ。ここでリルケは1904年晩秋をジェイムス・ギブソンとリッツィ・ギブソンの客として過ごした。「嫌な仕事も良い仕事も、日々仕事をして、しかしどんなことがあっても仕事をして。」(クララ・リルケ－ヴェストホフ宛　1904年11月19日)

どまった。十月初めから、エレン・ケイを通じて知り合ったジェイムス・ギプソンとリッツィ・ギプソンのフュリュボリの家に滞在した。ジェイムス・ギプソンは民間の技師でイェーテボリにある《サムスクーラ高等中学校》の後援者であった。この学校は世紀転換期の教育の改革運動からさまざまな提案が実地に試みられた、民間人たちによって設立された実験校であった。サムスクーラの目的は、子供たちに彼らの天分を自由に、妨げられることなく発展させる可能性を与えることにあった。苦痛に満ちた嘗ての幼年学校生リルケは自ら進んでこの改革の学校に熱中していった。彼は学校の教室で二百人の訪問者を前にして朗読を行ったり、論文を書いて、その中でこの学校の宣伝をし、しばらくの間、北ドイツに一種のサムスクーラを設立する計画をクララと一緒に立てもした。しかしリルケには社会的なプロジェクトを実現する根気が欠けていて、その意図は計画段階を超えるには決して至らなかった。

サムスクーラのための社会参加はリルケの生涯では例外であった。なるほどリルケは社会政策的な問題に関して個々の点で発言はするが、それについての前提は勿論、彼がその時々のテーマによって人間として心動かされたと感じたことにある。例えば、一九〇一年の初めの頃「ツークンフト（未来）」の編集者マクシ

「それは見慣れない、全く強制を知らない学校であり、柔軟な学校、自らを完成したものとは見做さず、生成中の何かと見做し、それについて子供たち自身が変形しながら、形を決定しながら勉強する学校である。子供たちは数人の気配りの行き届いた、自分も学んでいる慎重な大人たち、人々、望むなら教師たちとも密接な親しい関係を結ぶことができるのだ。この学校では子供たちが主体である。」
リルケ〈サムスクーラ〉論 から

ミーリアーン・ハルデンに公開状を書いた。その中でハルデンはある幼児殺人者の側についたが、その理由はリルケの意見によると、この男がフェアな裁判手続きを受けられなかったからだというのだ。およそ同じ時期、同性愛に関する刑法典一七五項をゆるやかにすることを狙った請願にも彼は署名した。——デーメル、ハウプトマン、リーリエンクローンそしてシュニッツラーも同様に署名していた。スウェーデンから帰った後、リルケに『学校改革のための［意見の］一致、ブレーメン』というアンケートが届いた。このアンケートは学校における宗教の授業の廃止を目的に設定したものであった。リルケはその主張を強く支持したが、その際彼は、正式な宗教の時間が廃止されたサムスクーラの実例を利用したのであった。若干の他の政治に対するリルケの意見表明から読み取れるのは、彼が政治について思いを巡らした時、人間としてそして芸術家としてその関心事を越えて、歴史的、政治的関連で思考することが、心の一番奥深いところでは自分とは無縁であったことの認識であった。一九〇七年ユリウス・モーゼス博士によって出版された著書〈ユダヤ人問題の解決〉に対する彼の寄稿は、ユダヤ人排斥論者だとしてリルケの信用を失墜させることには決して役立たず、彼はその発言内では独特の漠然とした態度のままに止まり、問題を政治の面から精神的、宗教的次元へ高めたのであった。一九一四年八月リルケは大方の戦争による高揚状態によって熱狂させられて、〈五つの歌〉で《戦争の神》に対する抒情詩による賛美を歌い出したが、それは彼がドイツの詩人たちや思想家たちの殆ど誰よりも早く、つまり数週間も出ないうちに再び理性に立ち戻ったので許せるかもしれない。それから大戦の終わり頃、一時的ではあるが、リルケは共和制をもくろむ進歩主義を志向するミュンヒェンの勢力に好意を示したことがあった。一九二六年一月と二月彼がアウレーリア・ガッララーティ‐スコッティ公爵夫人に向かってベニト・ムッソリーニのために語った好意的な言葉は、結局、家長を越えた存在であるかのように振舞う、強いと思い込んでいる男たちの強い心理的影響力に対して、リルケは生涯影響を受け易かったことを示している。リルケは非政治的人間であった。彼の使命は詩であった。政治はこの場合、副次的な事柄であった。

二

一九〇四年十二月の初めリルケはコペンハーゲンへ行き、デンマークの画家スヴェン・ハンマースホイを訪問した。十二月九日には嘗てスウェーデンへ戻った

「政治的には私はいかなる発言権もありません。一切無いのです。そして政治に対していかなる感情もさしはさまないようにしています。」
アウレーリア・ガッララーティ・スコッティ宛 一九二三年一月二十三日

時と全く同様に戻ることの殆どなかったコペンハーゲンを離れた。その後リルケは妻と娘と一緒に冬をオーバーノイラントで過ごすが、スウェーデンで辛うじて取り戻した楽観的な気持をすぐにまた台無しにしてしまう周囲の状況であった。インフルエンザの発作や時間のかかる歯の治療が彼の気持を重苦しく圧迫したが、何にもましてこの先家計をどのようにやって行くか、という不安な問題が差し迫っていた。率直に彼は友人ジェイムス・ギブソンに尋ねている。「私たちに興味を抱き、私たちの味方をしてくれる誰かお金持はいないでしょうか。例えば、〈白衣の侯爵夫人〉の原稿を買ったり、私の今後書く原稿を買い取ってくれる人はいないでしょうか。」その後、春になってエレン・ケイはプラハで行ったリルケについての講演の彼女の謝礼金を振替で彼に送金してくれた。しかしリルケはこの金を生活費とか貯えとして使用しなかった。彼は実際病気でもないのに妻と一緒に六週間もヨーロッパで最も高い保養所の一つ、ドレースデン近郊のサナトリウム[ヴァイサー・ヒルシュ]へ出掛けたのである。この投資は報われた。というのは彼はこのサナトリウムでルイーゼ・フォン・シュヴェーリン伯爵夫人の知己を得たからである。彼女は彼に何人もの裕福で影響力のある人たちを紹介してくれた。更にこの人たちを通じて他の恵まれた境遇の文化的なものに熱心に関わっている

リルケの裕福な保護者たち ユーリエ・フォン・ノルデック・ツーア・ラーベナウ男爵夫人(一八四二―一九二八)、グートルン・フォン・ユックスキュル(一八七八―一九六九)、アリーセ・フェーンドリヒ(一八五七―一九〇八)、銀行家であり作家のカール・フォン・デア・ハイト並びに夫人エリーザベト、マリー・フォン・トゥルン・ウント・タクシス侯爵夫人

保護者たち、大抵は貴族である保護者と知り合った。これらの人々からヨーロッパの最も美しい場所に位置している邸宅や諸領地への多くの招待を受けたが――優雅な寄食者との没後の声価も受けたのであった。貴族の男女の友人たちとリルケの関係では、物質的な観点はせいぜい下位の役割しか果たさなかった。分に安んじ、主に菜食で、物質的な財産の所有に何ら特別な価値を置かないリルケは、金のかからない賄いつき下宿人であった。そして彼を招待した人々は彼のために支払った金は容易に忘れられるほどだから、なおのこと好んで彼を自宅に泊まらせるのであり、差し迫った必要からではなかった。彼らはそれに対して期待したお返しを受けていた。つまり、――〈時祷詩集〉の出版の後、〈形象詩集〉、〈旗手〉そして〈新詩集〉と――次第に有名になってゆく詩人との、優れた社交上の礼儀作法を身につけていて、感じやすく知的で思いやりのある詩人との交際であり、好ましい特性との滅多に無い関係であった。リルケの時折の奢侈な生活を批判しても、その人はリルケが宮殿にいても、パリのトゥリエ街のみすぼらしい一部屋と全く同様に僅かしか精神の自由を得られないことを認め、許さないわけにはいかない。

一九〇五年春リルケは大学での受講計画を実現する最後の試みをした。彼はべ

34　マールブルクとギーセンの間、ラーン河畔のフリーデルハウゼンの館、シュヴェーリン伯爵夫人の居住地。

ルリーン大学でゲオルク・ジンメルの講義を聴講するつもりだったが、三週間後には既にアカデミックな大学教育は彼がこの頃進むことが出来る道ではない、と認識せざるをえなかった。そしてその開始をさっさと翌年の冬学期に延期してしまった。だが一九〇五年の夏リルケにとって更に重要な、別な何かがあった。六月彼は四年半ぶりに初めてルー・アンドレーアス‐ザロメと再会したのだった。彼女はその間に夫と共にゲッティンゲンへ移住していた。

大学での勉学を今はもう再開するつもりはないと決意を固めた時、リルケをベルリーンに引き止めておくものはもはや何もなかった。ハルバーシュタット、カッセルそしてマールブルクに短期間滞在した後、シュヴェーリン伯爵夫人の招きに応じてラーン河畔のフリーデルハウゼンの館に行き、そこで時々クララと一緒に夏の残りを過ごした。その後暫くして思いがけず全く新しい展望が開けてきた。つまり七月リルケにロダンから一通の手紙が届いたのだ。この書状はロダン

私はお前に、私がここでどのように暮らしているか、私が激励され、精神を集中し、勇気づけられるか、の全てについて多く語ろうとは思わない。お前がここの私たちと一緒にいて、庭園に座って、読書をしたり、それをもって私がよくお前を苦しめたが、今は遥かに気楽に、少なくともその重さでも担ってゆける全ての事について話し合うのを、しばしば私たちは願っていた。……今ここの全てのものが私を喜ばせ、

が彼をパリへ招き、秘書として雇うことで彼の滞在費を出そうと彼に申し出たものだった。九月十二日リルケはパリに着く。パリでは差し当たりオテル・デュ・ケ・ヴォルテールに泊まり、その後ムードンのロダンの元に身を寄せた。ロダンの下でのリルケの仕事の大まかな限定条件は最初のうちは極めて快適なものに思われた。午前中二時間出勤してこの時間に文通を処理しなくてはならない。それによって二〇〇フラン、つまりリルケがパリである程度良い生活をするのに必要な金額のおおよそ半額を得られたのである。午後と晩はリルケが自由に使えた。けれども彼が最初想定していたよりもはるかに多くの時間とこの仕事には精神集中を必要とすることが、すぐに思い知らされることになる。その理由は、一つには彼がフランス語で職業上の手紙を作成する経験が無いが故に、また一つには確かにロダンのためといえども、秘書という上からの指図に縛られた仕事に対する彼の内面の抵抗を完全には克服し得なかった故に。ロダンとの親近感のためにリルケは、若干のことは少々無理をしても進んで引き受ける気持ちはあった。リルケはロダンとその妻との遠出にも小旅行にも同行出来たし、ロダンが客を迎える時もリルケはしばしば同席した。このようにして彼は外交官にして芸術愛好家ハリー・ケスラー伯爵、画家のウィリアム・ローセンステイン卿、ジドーニエ・

助けてくれるが、その最も現実的な喜びの一つが、この愛すべき心の広い人間(=ルー)がいつの日かお前にも好ましい人間になるであろうという、もはや殆ど抑えきれない確信だ。

クララ・リルケ-ヴェストホフ宛
一九〇五年六月十六日

ナートヘルニー・フォン・ボルティンとその母、ベルギーの詩人エミール・ヴェラーレンと知り合い、そしてほんのひと時だが、ジョージ・バーナード・ショーがモデルとして座っていた時、彼をも見知ったのであった。要するに仕事とリルケが組み込まれた社会的関係は、彼に殆ど執筆させないほどの緊張へと導いた。リルケは二回の講演旅行で自分自身のためにはわずかなものしか見出せなかった。一九〇五年秋リルケはドレースデンとプラハへ、一九〇六年二月と三月、エルバーフェルト、ハンブルクそしてベルリーンへ赴き、彼のロダン講演を行った。ただベルリーンでだけ自作の朗読会の機会が生じた。それはドイツの聴衆を前にして行った初めての朗読会であった。この聴衆の中には、数日前に知り合ったばかりのクララ・リルケ-ヴェストホフとルー・アンドレーアス-ザロメもいた。

リルケが二回目の講演旅行で二、三日間ヴォルプスヴェーデに滞在していた時、父親が死の床に就いているとの知らせが届いた。彼はプラハへ行ったが、死目に会うことは出来なかった。彼は必要な手続きを済ませ、仮死のまま葬られるかもしれない不安に悩んでいた、死んだヨーゼフ・リルケの希望によって、故人の心臓に「死の確認の」穿刺を行わせた。ゾフィー・リルケはその列席を終わりまでは全う出来なかったが、父の埋葬後リルケは一先ずベルリーンに行き、それから

あらゆる安息の時や、森と海の全ての日々、健康に暮らそうとするあらゆる試み、それら全てを思い巡らすことも、この（＝ロダンという）森に、海に比べたら、支え、担ってくれる彼の視線の中に言葉に尽くせぬ安らかな気持ちで憩うことに比べたら、彼の健康と確信の注視に比べたら、いったいそれらは何であろうか。人の心に流れ込む力がざわざわと音を立てる。す

三月末パリへ戻った。

現実の父親の喪失に続き、間も無く理想化された父親像の喪失が起こった。五月始めロダンはつまらない出来事をリルケの即時解雇の切掛けにしてしまう。ロダンのための二通の手紙が発信人たちからリルケ宛に差し出されたが、リルケがロダンと相談せずに返事を出してしまった、というのであり、ロダンはこれを耐え難い独断と感じたのだ。リルケは驚くほど超然とこれに反応した。彼はカセット通り二十九番地の家の一部屋を借りた。そして一通の長い手紙を書いた。その中で彼はロダンに事実に即し、しかしきっぱりと、自分の態度は正当化されえないし、不適当であったと言明している。――そして彼は仕事を開始する。〈旗手〉の単行本としての印刷の準備をし、多数の詩をも書いて、それを彼は翌年〈新詩集〉へ組み入れた。リルケは彼の父親やロダンと向き合った時常に感じた自己正当化のための重圧から明らかに解放された。

リルケは六月には既に〈旗手〉の原稿をアクセル・ユンカーに送っている。そしてその後の数ヶ月の中にこの本が遂に出版出来る秋まで、出版者と本の装丁について話し合った。〈旗手クリストフ・リルケの愛と死の歌〉の内容は僅かな文では再現できない。若きクリストフ・フォン・リルケは軍勢の集合地点へと馬を走

ると私の知らぬ人の上に、生の喜びが、生きる能力がやって来る。
クララ・リルケ・ヴェストホフ宛　一九〇五年九月二十日

らせる。そして将軍シュポルクによってコルネット、即ち旗手に任命された。旗手にとって愛の一夜に終わった宴の後、不意に攻撃を仕掛けてきた敵の軍勢に向かって突進し、戦死してしまう。この詩作品が基礎としている原典は一六六三年からの覚書である。その覚書には『オーストリア帝国ハイスター騎馬連隊所属フォン・ピロヴァーノ男爵中隊の旗手として上部ハンガリーのツァトマルにて一六六〇年十一月二十日戦死した』クリストフ・リュルケなる人物が記されている。リルケ家の貴族の家柄であることを証明しようとする彼が努力をしていた最中に、ヤロスラフ・リルケがこの覚書を手に入れた。リルケ自身の言葉によると一八九九年秋ベルリーン - シュマルゲンドルフで初めて見せられた。この原典を詩に書き改めることでライナー・マリーア・リルケが心の中に抱き続けた貴族の家柄という夢は、読書の思い出と結びついたし、この時代に典型的なデカダンスの、ユーゲントシュティールの要素は、その調子が二度の改訂の後もなおシュマルゲンドルフ時代のリルケの気分を感じさせる愛の告白と結びついた。

テーマの設定ばかりでなく、彼が書き込んだリズムによって高揚した散文もまた、〈旗手〉を広い読者層に対して魅力あるものにした。だがアクセル・ユンカーはこの詩作品を商業ベースで現金獲得の手段に出来るとは知らなかった。アン

35　インゼル書店社主アントーン・キッペンベルク(1874—1950)

トーン・キッペンベルクが一九一二年シュテファン・ツヴァイクの推薦でこのテキストを新たに設定されたシリーズ「インゼル叢書」の第一巻として出版した時初めて、売り上げ部数が跳ね上がり、それを知ってリルケは喜んだ。「親愛なる友よ、貴方はどのようにしてあの善良なクリストフ・リルケを騎馬武者に仕上げたのでしょうか。こうなると誰が考えたでしょうか。」リルケの生前でも十万部以上売れて、一九五九年には百万部の限界をも越えており、今日に至るまで〈旗手〉はリルケの作品中恐らく最も読まれた作品であろう。この本が担ったイデオロギーでの独占と、その結果〈旗手〉が若い兵士たちに人気のある精神的、道徳的安定剤となった第一次大戦時における著者のそれも、リルケには似つかわしくなかった。要するにリルケはこのテキストを十五年も前に書いたのであって、国粋主義的モチーフから書いたのではなかったのも確かである。しかし〈旗手〉の人気は、ナショナリズムの意味でこの本が機能化されることによっても、またリル

「塔の部屋は暗い。

だが、二人は互いに微笑をもって相手の顔を照らして見詰め合う。二人は盲目の人のように目の前をまさぐり、戸口のような相手を探り当てる。まるで、夜を怯える子供同士のように、二人は互いの中に入り込む。けれども、彼らは恐れているのではない。その時彼らに逆らうものは何一つない。というのは時が昨日もないし、明日もない。そして時の瓦礫の中から二人の花は咲き匂う。

彼は訊ねない《君の御夫君は？》と。

彼女は訊ねない《貴方のお名前は？》と。

二人は互いに新たな性となるために、めぐり会った。

二人は百もの新たな名を互いに与え合って、互いに全ての名を再び取り去ってしまう、そっとイアリングをはずすように。」

〈旗手〉から

ケ自身は極めて懐疑的に対峙していたが、その頃出されたこの作品の数多くの作曲によっても、促進されたのである。

リルケが数年来求めてきた独自の言語は、けれども旗手の言語ではなかった。最初パリに滞在して以来リルケは初期の詩集の現実離れした夢の世界と感傷的な主観性から目を背けた詩を書いていた。その代わりに彼は事物の外部世界に方向を定めた言葉を得ようと努力した。最高に感じやすい知覚、ヴァリエイションの豊富な統語法そして語彙のあらゆるニュアンスを十二分に駆使することが、一九〇二年から一九〇八年の間に成立し、二巻の詩集――〈新詩集〉(一九〇七年)と〈新詩集別巻〉(一九〇八年)の中で出版されたいわゆる事物詩Dinggedichtの特徴を示した。リルケが標準を定めた範例はボードレールとフローベールと並んで造形芸術家たち、ロダン、ヴァン・ゴッホそしてセザンヌであった。彼らはリルケにとって彼らの作品によって規範となったばかりでなく、取り分けそれはこの男たちの伝記であり、彼らの生き方であり、芸術のために負わざるを得なかった個人の領域での失敗であって、その芸術にリルケは心動かされたのであった。孤独な芸術家の形姿の中にリルケは、芸術家であることと市民としての存在とは相容れないという経験を確認したと思った。それはまた真の芸術家は自己の人生

人間性。動揺する所有の名前の群れ、
幸福の　まだ確定しない現在高。
二つの眼がこのレースに、
この小さな細やかなレースの一片になってしまったことが、
非人間的なことか?
――お前はそれを取り戻したいか?
お前、遠く過ぎ去ってしまった人よ　遂には失明してしまった人よ
幹と表皮の間を伝ってゆくように、
お前の大きな感情が小さく変身し　流れ

を芸術に捧げる以外の選択を持たず、芸術は彼が要請するものによって引き受けられねばならない委託であるという確信を強めるものであった。

〈新詩集〉の詩的構想をリルケ自身は「即物的に言う」ことと、彼によって創られた芸術事物への共感的empathisch感情移入のため芸術家が自己を取り戻すことと見做した。リルケにとって、「即物的に言う」ことは「恐ろしいもの、一見厭わしいものの中にも、あらゆる存在者とともに存在する価値のある存在者を見ること」（クララ・リルケ-ヴェストホフ宛一九〇七年十月十九日）である。この「厭わしいもの」をリルケは勿論〈マルテの手記〉の中で初めて彼の文学の対象とした。〈新詩集〉の中に姿を現した外部の現実は別種のものである。素材の大部分は文学を仲介して表現されたり、聖書や古代の神話から得られたり、リルケが美術館で学んだ芸術品によって、または記念碑的建築物によって、あるいはリルケが間歇的に進めた歴史研究によって刺激を受けたものであった。

てゆく
お前の至福はこの事物の中にあるのだろうか?
運命の中の罅、隙間によって　お前は
お前の魂を　お前の時間から引き離した
そして　お前の魂は
この明るい一片のレースの中にあるので、
それは　有用性を前に私を微笑させる
《レースI》、〈新詩集〉から

三

リルケは父親の死後、そしてロダンから解雇された後、突入して行った集中的創作段階、そして少々釣り合って来たエレン・ケイの訪問も邪魔にならなかった創作段階は、一九〇六年八月暫くの間中断した。妻子と一緒にリルケはベルギーへ旅行、彼らは揃ってフュルヌ、イーペルン、オーストドゥインケルケそしてブリュージュを訪れた。フランドルの諸都市にリルケは〈新詩集〉の中で連作を捧げている。ゴーデスベルクとブラウンフェルスのフォン・デア・ハイトの家族の元に短期間滞在した後、リルケの家族はフリーデルハウゼンの館に到着し、ここで彼らは九月中を過ごした。その後リルケ夫妻はベルリーンへ行く。リルケはクララに助力し、ハレンゼーに仮のアトリエを設えてやり、十一月の末再び旅に出た。その目的地はカプリであった。アリーセ・フェーンドリヒがヴィラ・ディスコポリで冬を過ごすよう彼を招待したのであった。十二月四日、彼の三十三歳の誕生日にかの地に着いた。フェーンドリヒ夫人の他に彼女の義母で『ノンナ夫人』と呼ばれたユーリエ・フォン・ノルデック・ツーア・ラーベナウ男爵夫人と二十四歳のマノン・ツー・ゾルムス‐ラウバハ伯爵令嬢もここで冬を過ごした。フェーンドリヒ夫人は邸宅の庭園の中にある小さな園亭［ローゼンホイスル］（薔薇の小さな家）をリルケの自由に用立てた。その後の数ヶ月を彼は落ち着いて仕事をしたり、マノン・ツー・ゾルムス‐ラウバハ伯爵令嬢と連れ立って長い散歩をしたり、晩には招待してくれた女主人たちの集いの中で朗読をして過ごした。リルケの同時代の者たちの多くが大変高く評価する島での多彩な生活を彼は殆ど気にも留めなかった。なるほどリルケはスウェーデンの医者のアクセル・ムンテによりその美術品のコレクションに案内されたり、またある時はマクシム・ゴーリキーをも訪ねた。——彼についてリルケは幻滅した。というのは、リルケが抱いていた、控えめで、忍耐強くそして信心深いのがロシア人というイメージにゴーリキーがあまり合わなかったからだが、これとは別に邸宅での三人の貴婦人との会合の方が、リルケに満足を与えるものであった。特に短いながらエレン・ケイが訪ねて来たり、一月エジプトへ行く途中数日間立ち

36　1906年秋リルケはギリシャ旅行をし、そこで彼のロダンモノグラフの第2巻を書くことを望んでいた。それには至らなかったが、カプリから次のように言っている。「これ以上ギリシャ的風景はありえません。私がアナカプリでの道で見たり、知ることが出来た土地や海以上に古代の広がりを持った海もありません。そこにはギリシャ世界の芸術事物はないが、それが成立する以前のギリシャがあるのです。まるでそれら全てが現れて来そうに、上方には岩石の堆積がありますし、あたかも畏怖と美のギリシャの過剰が呼び起こす全ての神々が今にも生まれるかのように。」

寄ったクララが訪ねて来て気分転換をもたらした。

リルケのカプリの風景についての手紙での描写は、時には叙情的で、時にはキッチュ的だが、彼がカプリに滞在していた間に書かれた詩の若干のものは〈新詩集〉の既に書き上げられていた一連の詩の中に渾然一体をなして組み込まれている。取り分けカプリで、〈アルケースティス〉、〈水盤の薔薇〉、〈愛の歌〉そして一月二十四日、つまりルイーゼ・シュヴェーリン伯爵夫人の一周忌のための詩〈死の経験〉を書いた。その詩はリルケの死に対する考え方、そしてそこから生じる生に対する考え方の特徴を示すものである。即ち生の有限性についての認識を秘めている生は、不完全な構想を表現していて、心の空しい、ありふれた平凡な舞台を演じ続けることになってしまうのだ。

アリーセ・フェーンドリヒの助けを得てリルケはカプリでエリザベス・バレット - ブラウニングの〈ポルトガル語からのソネット〉を翻案した。彼は英語が殆ど出来なかったので、アリーセ・フェーンドリヒが四十四のソネットを一篇一篇彼の前で朗読し、それを意味に従って翻訳してから、彼が彼女の意訳を詩的な言葉で表現した。この詩は〈エリザベス・バレッ

私は今日もまた彼の(=セザンヌの)絵を見に来ている。……一枚一枚の絵を見ずに、二室の間の真ん中に立っていると、その絵の現存が集まって一緒になり一つの巨大な現実になるのが感じられる。あたかもこれらの色彩は見ている人からその優柔不断さを断固奪い取るかのようだ。この赤の、この幾つかの青の良心、これらの色の素朴な誠実さは見る人を育てる。……愛をもなお乗り越えて行くことがいかに必然であるか、次第に気付くであろう。何かを画こうとする時、画家がそれらの事物のいずれをも愛するのは、当然なことであろう。しかしそれを(=愛すること)そのまま示すのは、それを立派に画くことではなかった。それは言う代わり

ト‐ブラウニングのポルトガル語によるソネット集 ライナー・マリーア・リルケ訳〉のタイトルで一九〇八年インゼル書店から出版された。

インゼル書店から出版されたデンマーク人カール・ラーセンの本に刺激を受けてリルケはこの年の初め〈修道女マリアンナ・アルコフォラドの五通の手紙〉についてエッセイを書いた。その修道女は十七世紀後半に生きて、彼女の恋人から棄てられ、憤りと悲しみのあらゆる段階を通して、恋人を乗り越え、彼をもはや必要としない自律した愛の感情に到達した。その手紙をリルケが一九一三年に自身の翻訳で出版したが、この修道女はリルケの愛の形象の一つに数え入れられている。というのもリルケは彼女の中に、真の愛の本質は一緒に生活することにあるのではなく、「一人がもう一人に、何ものかになるよう、限りなく豊かなものになるよう、その力が及ぶ限りの極限のものになるように強制する」ことにある、との自分の確信に対する保証を見出したからだった。彼はそのエッセイの中で次のように書いている。「一つの幸福をこんなにも素晴しく感じることとの出来たこの魂はもはや測り知れないものの底に沈んでゆくことは出来ない。彼女の苦痛は途方もなく大きなものになったが、彼女の愛はなおそれを乗り越

に、判断することになる。それは偏らない立場を放棄することだ。最善のもの、愛は仕事の外に残っていて、仕事の中へ入ろうとはしない。仕事の傍らで動かずに留まっている。そのようにして情緒的な絵画が出来上がった。……それは(セザンヌの場合)全く見られなかった。そして何人も言い張るだろう、ここには愛について語られてないと。それほど余すこと無く愛は制作の行為の中に使い果たされた。名前のない仕事の中に愛が使い果たされ、そこからかかる純粋な物が生まれてくるのであって、恐らくこの老人(=セザンヌ)ほど完璧に成功した人は無かったろう。
クララ・リルケ・ヴェストホフ宛 一九〇七年十月十三日

えて成長する。それはもはや引き止められない。そして遂にマリアンナは恋人に向かって自分の愛についてこう語っている。『それはもはや、貴方がどのように私を扱われようと、それには関わりはありません。』それはあらゆる試練に打ち勝ってきたのだ。」

クララ・リルケ‐ヴェストホフの愛はまだあらゆる試練に打ち勝ってきたのではなかった。彼女はまだ充分に現世的であったので、夫がクリスマスを妻や娘と過ごすより、カプリで孤独に過ごすことを望んだことで失望したのであった。思いがけない支持を彼女はルー・アンドレーアス‐ザロメから受ける。ザロメは言う。「リルケには、義務を選択したり、身近な義務、自然な義務から身を引く権利はない。」リルケは彼の怒りを彼なりの方法で表現した。つまり、一九〇七年から彼女宛の手紙は来なくなった。クララも一月彼女のエジプト旅行で夫から挨拶の言葉を貰ったが、一人旅であった。三ヶ月後彼は彼女を時間通りにナポリまで迎えに行った。二人はなお三週間カプリ、ナポリそしてローマで過ごしたが、彼らのその後の道は新たに別々に分かれていた。一九〇七年五月三十一日リルケは再びパリに来た。

四

今度はリルケがパリに住み慣れるまでにほんの数日もかからなかった。彼はまた朝食込みで月々八十フランのカセット通り二十九番地に部屋を借りた。美術展覧会を見学し、マネ、ヴァン・ゴッホ、マイヨール、ベルト・モリゾ、シャルダン、フラゴナールの研究をした。それから〈新詩集〉、〈マルテの手記〉及びロダン講演に集中して取り組んだ。更にこのロダン講演に彼は手を加えて一九〇三年のモノグラフの第二部にしたのであった。七月末に〈新詩集〉の原稿を、その間にインゼル書店の経営を単独の管理で引き受けていたアントーン・キッペンベルクに宛てて発送する前に、彼はクララに詩の選択について彼女の意見を求めた。〈新詩集〉第二部の構成に際しても彼は妻の意見を尊重した。そして十月サロン・ドトンヌで開催された、前年亡くなった画家（＝セザンヌ）の回顧展の機会に研究したセザンヌの絵画の彼の解釈についても彼女に共感を求めた。その際彼を魅了したのは、個々の絵やモチーフよりは、主観性や省察の放棄であり、それに替わって芸術家がその作品の中に浮かび出ることとなる。

37　カール・フォン・デア・ハイト（1858―1922）は［プロイセン年鑑］の中で〈時祷詩集〉を批評して、それで幅広い読者層の関心をリルケに向けさせた。ハイトの経済的支援によってその後詩人にパリでの落ち着いた仕事の年月を可能にした。〈新詩集〉Ⅰは「カールそしてエリーザベト・フォン・デア・ハイトの友情に」捧げられた。

リルケがクララに向かってそう名づけた、己の「労働衛生管理法」はこの年彼に休息を与えなかった。〈新詩集別巻〉Der Neuen Gedichte anderer Teil のための三分の一以上の詩は一九〇七年八月には既に出来上がっていた。リルケは「科目：仕事　優」であった。そのことはこれからの年月にとって最も重要なことになる。カール・フォン・デア・ハイトの招待を彼は断った。『ノンナ夫人』に向かって自分の生活を次のように表現している。「私は立ち机（＝立ったまま読み書きするための机）に着いていて、その他は何もしていません。」リルケについての論文を書いたエルンスト・ルードヴィヒ・シェレンベルクには彼はこの論文を読むつもりはないと告げている。「私は自分の作品とだけ一緒にいなくてはならないのです。」後の言葉は勿論リルケの本の書評や彼についての学術的な論文を読むことへのリルケの深い不快感とも関連していて、批評を創作過程の障碍と見做し、また彼の仕事とその読者に対する芸術家との関係への介入とも見做した。

十月の終わりリルケは再び講演旅行に赴いたが、今度はプラハ、ブレスラウ、

38　パリのオテル・ビロンでのリルケ。1908年。今日このオテル・ビロンにロダン美術館がある。

ヴィーンであった。自作の中から朗読をしたプラハで、母親とも再会するが、またお茶のひと時を「美しい男爵令嬢」（クララ・リルケ宛一九〇七年十一月四日）ジドーニエ・ナートヘルニー・フォン・ボルティィンと共に過ごすことが出来た。プラハに届いた、そこには和解の申し出の書かれているロダンからの一通の手紙が、彼の気分を更に明るくした。ヴィーンでの朗読会の後数日して、リルケはフーゴー・フォン・ホフマンスタール、ルードルフ・カスナー、その他ヴィーンの友人たちを訪ね、もう一度ロダンについての講演を行った。それから更にヴェネチアへ旅をして、美術商ピエロ・ロマネリ家に身を寄せた。リルケがロマネリの妹アーデルミーナ（ミミ）に心奪われるのに、ヴェネチアに滞在した十日間があれば充分であった。一九一二年まで彼は彼女とフランス語で文通し、折に触れての再会を楽しみにしていたが、それ以上親密な関係になることは回避した。

ヴェネチアのリルケの元にパウラ・モーダーゾーン-ベッカーの訃報が届いた。彼女はヴォルプスヴェーデで娘の分娩に際して亡くなったのである。この運命の打撃はリルケがその冬、心身の悪い状態にあったことの原因の一つであったかもしれない。彼は意欲なく、意気消沈し、またも長引くインフルエンザを病んだ。そして三月と四月アリーセ・フェーンドリヒからカプリで歓待を受けられるのを楽しみにした。カプリからリルケはアントーン・キッペンベルクに詳細な手紙で自分の経済状況を説明し、自分にとって比較的長期に亘る、金銭上安全に保護されたパリでの仕事のための滞在がいかに重要かを強調した。キッペンベルクが複雑な、現行の印税と算出される今後の印税に基づいた資金調達のモデルをリルケのために熟慮を重ねているのに、リルケはザームエル・フィッシャーからの気前のいい申し出を受けた。三、〇〇〇マルクをこの出版社主はリルケに宛てて送金しようと申し出た。リルケが彼に、インゼル書店に対して自分は義務を負っているので差し当たりお返しの仕事をお渡しできない、と話した時も、彼は誠実にこの申し出を守った。カール・フォン・デア・ハイトもまたリルケに一九〇六年と一九〇九年の間約五、〇〇〇マルクの援助をし続けた。これらのよい知らせを手荷物に詰め込み、リルケはやや心安らかになってパリへ戻ることが出来た。

　リルケが〈新詩集別巻〉のために選定した後半部の詩は一九〇八年の五月から八月の間に成立した。彼は休むことなく、更に〈マルテの手記〉に取り組んだが、望んだほどは捗らなかった。クララ、エレン・ケイ、カール・フォン・デア・ハイト、そして暫くパリに滞在したミミといった人々の来訪が彼の気を散らした。リルケはしばしばこの人たちに会い、クララにも彼らを紹介した。この年の最後

何故なら　もし罪と
いうものがあるとす
るならば、これこそ
が罪なのだからだ。
自分の内面に集めた
全ての自由を与えて
愛するひとの自由を
豊かにしないことこ
そが。
私たちが互いに愛し
合うとき　私たちが
為し得るのはこれだ
けだ。
互いに自由に任せる
ことだけだ。何故な
ら　私たちが引き止
めあうことは
やさしく　今になっ
て学ぶことではない。
〈鎮魂歌　ある女の
友のために〉

の比較的大きな仕事は〈鎮魂歌　ある女の友のために〉であった。リルケはそれをパウラの死の一年足らずの、十一月初めに書いた。リルケの考え方によると、パウラの産褥での死は、彼女が母親であることと芸術家の存在とを一致させる試みを敢行する決意を固めて以来、彼女を苦しめてきた葛藤の終止符であった。愛によって、結婚そして母親になることによって、パウラは人間的な結びつきに巻き込まれてしまい、その結びつきによって彼女は次第に画家としての使命から引き離されてしまった。その罪は誤解された愛にあった、とリルケは言う。

芸術と人生が両立し得ぬことがパウラのための鎮魂歌の中心思想であった。「何故なら生活と偉大な仕事との間には古くからの敵意が何処かに潜んでいるから。」この〈鎮魂歌　ある女の友のために〉をリルケは女の友を失った悲しみからばかりでなく、設定した意図に即したテキストとして語っている。数日も経たぬうちに書き上げられた〈鎮魂歌　ヴォルフ・フォン・カルクロイト伯爵のために〉即ち、十九歳で自殺を遂げた抒情詩人であり翻訳家である伯爵のための鎮魂歌も設定した意図に沿ったものである。リルケは生の重苦しさが肯定に転じ、彼に偉大な文学を可能に出来る直前、自ら命を絶ったと思われるこの若い男の焦慮を非難したのである。リルケは次第に人間から方位を確認する感覚が失われて行き、経

出来事がまだ眼に見えるものだった時代の
偉大な言葉は　私たちにとっては存在しない。
誰が勝利について語り得よう？　耐え抜くことこそ全てなのだ。
〈鎮魂歌　ヴォルフ・フォン・カルクロイト伯爵のために〉

験も具象性を失い、あらゆる伝承されてきた価値基準がいかがわしくなって、実存の疑問に対する答えを求める探求は全て個人に委ねられた世界を指摘することによって結局この非難を撤回した。

この二篇の鎮魂歌は一冊にまとめられて一九〇九年に出版された。リルケは後の詩集のためにそれらの詩を取って置かないことに意味を求めた。一九〇八年十一月なおも完結した一連の詩の幾つかを本の形で出版したが、二度と決して個々の詩をまとめて本にすることはなかった。フランス語で書かれた後期の詩が選集を形成したことはあった。彼はまた個別に詩を公表するのは稀になったので、リルケの抒情詩の創作は涸れてしまったかの印象がその後の数年に生じてしまった。彼の出版者もその印象を受けたので、〈ドゥイノの悲歌〉Duineser Elegien と〈オルフォイスへのソネット〉Die Sonette an Orpheus の完成まで出版者に過度の我慢を強いたのであった。

クリスマスの日々をリルケはこの年パリで過ごした。〈マルテの手記〉の執筆を新年早々に完結するという計画を実現することは出来なかった。二月中頃から初夏に至るまで気力の衰えを感じて、仕事することが出来なかった。プロヴァンスへの旅行が彼に少しばかり気晴らしを与えてくれたが、心身の悪しき状態は何ら変わらなかった。リルケは医者に診察に来てもらうことも望まなかった。九月になると、シュヴァルツヴァルトへ旅に出て、バート・リッポルツアウで湯治を始めた。彼はオーストリアのバウエルンフェルト賞を得たが、その授与された賞金によって滞在が可能となったのである。九月末、この年二度目の南国への旅行に出た。アヴィニヨンに滞在し、オランジュ、カルパントラ、ボーケールへの、取り分け岩山の山村レ・ボーへの旅行を企てた。十月再びパリへ戻り、疲労困憊していたにも拘らず小説を年末までに書き終えることに、どうにか成功した。年末年始の変わり目を彼は一人で過ごし、一月始めにはオテル・ビロンの部屋を立ち退き、エルバーフェルト、ライプツィヒ、イェーナの朗読会に姿を現した。一月十二日から三十一日までライプツィヒのキッペンベルクの家に滞在し、ここで〈手記〉を口述筆記させた。

五

〈マルテ　ラウリッツ　ブリッゲの手記〉はその感受性が高まって大都会パリの多様な感覚的印象に殆ど耐えられなくなった自我のトラウマ的体験の叙述でもっ

39　レ・ボー。　ユグノー戦争で荒廃した町と城。

て始まる。二十八歳のデンマーク人マルテ・ラウリッツ・ブリッゲはパリで彼の実存の零地点に到達した。零落と病気に対する不安が彼を苦しめ、自分の詩人としての能力についての懐疑は彼の自信を内部から突き崩し、人間とのいかなる接触も、自分の周囲のいかなる観察も彼を脅かし、崩壊の幻想を呼び起こす。書くことで彼は不安に対して何かをしようとし、少なくとも仮の自己を創り出そうと試みる。けれども間も無く彼は知覚による発見を叙述することではもはや満足しなくなる。彼は己の絶望の原因を幼年時代に見出せると思う漠たる感情から幼年時代を回想する。それも捗々しく進捗しなかった時、彼は他の人の生涯の中に自分の存在のための解釈の範例を求めた。詩人、造形芸術家、音楽家、女優エレオノーラ・ドゥーゼ、遂には歴史上の形姿らがマルテにとって、リルケがポーランドの翻訳家に向かって述べたように、「彼の苦悩の語彙」となった。マルテは危機からの脱出口が見出せない。聖書に書かれている放蕩息子のたとえ話の改作が手記の結末である。マルテにとって放蕩息子は「愛されることを望まない」そして彼の周囲の所有する愛がもはや彼まで達することが無いので、帰宅することが出来た人間である。放蕩息子は自分自身をカプセルの中に包み込んだ。「彼が何者であるか　彼らは知らなかった。今では彼は酷く愛され難い者になっていた。そし

私がこの本を終わりまで書き進めて行けば行くほど、ますます強く感じました。それは表現しがたい一時期で、私がいつも自分に言っている通り、一つの高い分水嶺になるであろうことを。しかし今全ての水が以前の側面へと流れ去って、変わることのない不毛の乾燥地の中へ私が降り下るのが明らかになったのです。
ルー・アンドレーアス・ザロメ宛
一九一一年　十二月　二十八日

てただ一者のみ自分を愛することが出来るのだと、感じていた。だがその一者はまだ愛そうとはしなかった。」マルテが生き延びたかどうか、手記の仮想の編者が残された文書を編集したかどうかは――読者はこの小説から知る由も無く、この疑問についてのリルケの発言も矛盾したものであった。いかなる明快な答えも、それが欠落してしまっても、同様にどうでもいいのだが、勿論この小説から発せられる魅惑の多くもまた小説から奪ってしまうであろう。もしリルケがマルテを更に生き続けさせるか、没落させるかを決定したならば、このデンマークの若者から必ずや彼の創作者によって定められた運命を負った一つの文学的形姿が生まれたことだろう。まさに手記の未決定の結末こそ、拠り所と方向性を求めて、常に危険に晒されて生きてきたマルテをして、その構造はカオス的で、その現実は五感と意識にはますます理解し難く、現代人の映像となったある世界を信じられなくしてしまうのだ。

〈手記〉におけるリルケの目的は、「彼にはいつもそれを呼び起こす勇気が欠けていた最も彼方にある、最も暗い幼年期の想い出の克服」以下ではなかった、と彼はとにかくザロメに対して手紙でこう書いている。彼は元来このマルテ‐小説を、固く信じていたところに従えば、彼の生涯で最も怖ろしい時期である時代を描き、手を加える、計画された軍隊小説の前段階と考えていた。そのための前提として、「彼の幼年時代をもう一度成し遂げる」ことが彼には必要であったと思われる。そして正にこれを彼は〈手記〉の中で試みようとしたが、それは達成しなかった、と思った。

〈手記〉はリルケにとって多くの点で《分水嶺》を形成している。小説の完結後彼は多年に及ぶ創作の危機に陥ったが、この危機の間に彼の生き方と彼の美的なものの見方に変化が起こった。幼年時代を作品で克服する試みは、一九一〇年から次第にためらいがちになり、遂には全く放棄してしまう。それに代って世界を肯定し、褒め称えることが目的となって登場する。けれどもリルケが〈ドゥイノの悲歌〉の第七の悲歌の中で《この世にあることは素晴しい》と書くことが出来るまで、なお多くの時間が過ぎ去ることとなろう。

「……いまや　心の仕事を成すがいい」

何故なら　視ることには一つの限界があるからだ
そして更に重ねて注視された世界は
愛の中で栄えるのを望むからだ

眼の仕事はなされた
いまや心の仕事を成すがいい

〈転向〉から

〈手記〉の印刷原稿を出版者の家で口述筆記させた後、リルケは過去数年の間に自分の仕事のため広範囲に亘って断念した幾つかの社会的活動の取り戻しに掛かった。彼は三週間クララとルートと一緒にベルリーンで過ごし、それからもう一度キッペンベルクの家族の元に客となった。そして春になって四週

しかしこれらの本や本の目録の中では、私はクローバの葉か苺を探さねばならぬように、見込みもなく探せないでいる。［図書館の］人々はまるで私が学者であるかのように、私を出迎えて、私に全てを差し出すが、私が二つ折りの大判の本の上に座っている様子は、そこに居るだけで内部にあるものを私から隠してしまう猫と代わることなしだ。
クララ・リルケ・ヴェストホフ宛　一九一〇年五月五日

間ローマに行き、そこで〈手記〉の校正をした。ローマでリルケは定期的にヘートヴィヒ・フィシャーとザームエール・フィシャーと会った。またエレン・ケイと親しいエーファ・カッシーラーともしばしば面談している。四月リルケはマリー・フォン・トゥルン・ウント・タクシス侯爵夫人の客となって初めてトリエステ近傍の岩上の城ドゥイノに滞在した。そこには侯爵夫人の次男、アレクサンダー公子（パシャ）や家族の人々、そしてルードルフ・カスナーが居合わせた。リルケとも友人であったカスナーが、それまで侯爵夫人とは個人的に知ることのなかったリルケに一九〇九年末パリへ手紙を出し、お茶に招待する約束をするように夫人に勧めたのである。ドゥイノへの招待はその後程無くして告げられた。リルケはドゥイノからヴェネチアへ行った。その地の図書館で十四世紀のヴェネチアの提督カルロ・ゼーノについての本を書く準備のためである。しかし彼は間も無く情報を系統だって把握し、構築する素質が自分には無いことを思い知らされた。それ故このモノグラフを書くことが出来ないことも悟らされた。パリへ帰って二、三週間してからリルケはオーバーノイラントの妻と娘のところへ行き、八月初めまでそこ

天空と大地の都市、何故ならそれは本当に両者の間にあるからです。そしてそれはあらゆる存在者を貫き通っており、近頃私は……この都市が死者たちの眼にも、生者たちの眼にも、天使たちの眼にも一様に存在しているのだ、と私が言うことによって、それを解らせようと試みました。――そうです。ここにはどんなに異なった相貌であるにせよ、三者全てに近づき得る一つの対象があるのです。その上に……三者が集まり、ひとつの印象をなすのかもしれません。この比類ない都市は乾涸びて、減少も屈服もしない風景を、山を、純な山を、現象の山をその壁の中に保持して行こうと苦労を重ねているのです。――途轍もない姿で大地はこの都市から

にとどまった。家族との同居は今度もまたリルケにとって良好に作用することはなかった。そこでボヘミアのラウチンの城館へ行けるのを喜んだのである。この城館もまたマリー・フォン・トゥルン・ウント・タクシス侯爵夫人の所有であった。そこから彼はヤノヴィッツの館のナートヘルニーの三姉兄弟の元へやって来た。遅くともこの地に来てからのリルケは、この数年の自分の創作上の衰退が近年自らに課した仕事の後、必ず生じた疲労という納得しうる結果ばかりではなく、創造の段階の欠如が生じる兆候を見せ始めた深刻な危機を暗示していたことも自覚していた。さて、リルケが環境を変えることによってこういう状態を打破できることを希望するのは、彼の特徴であった。北アフリカへの旅行に加わる可能性

40　トレードにかかる雷雨。エル・グレコ（1541—1614）の1595年から1600年頃の油絵。ニューヨーク・メトロポリタン美術館所蔵。

あふれ出て、市門の前から直接、世界、創造物、山々、峡谷、創世記となるのです。私はこの地方に来ますと、いつもある預言者のことを思わざるを得ません。食事から、饗応から、人々の集いから立ち上がり、それらの上にあって直ちに、家の敷居の上であってもなお預言が発せられます。仮借ない幻影の計り知れない使命である預言が。——この都市の周囲の自然は、都市の中でさえもそのように振舞っていて、……都市を見上げても、都市を知ることなく、そして一つの現象となっています。

マリー・フォン・トゥルン・ウント・タクシス侯爵夫人宛
トレードについて一九一二年十一月十三日

は彼には極めて魅力的に思えた。そしてこの旅行のための計画は、パリでカスナーと一緒に過ごした十一月の前半中彼を全く捉えて放さなかった。十一月十九日マルセイユからアルジェ方面へ旅に出た。

北アフリカでのリルケの旅行についての確実な情報は僅かしか残っていない。この旅行をイェニー・オルタースドルフ、つまり一九一〇年秋リルケに熱烈なラブレターを書き、そのリルケがロダンに《mon amie》(私の女の友)と紹介した『あの謎の女の友』と一緒に企てたのである。旅の滞在地は先ずアルジェ、エル・カンターラ、チュニスそしてイスラムの巡礼地カイルアーンであった。一月の二週間目には旅は更にルクソール、カルナックの神殿そしてアスアンにまで及んだ。リルケが北アフリカとエジプトの旅行から教養体験として持ち帰ったものは、イスラム教と古代エジプトの死者崇拝への後にまで持続する共感であった。もっとも旅行それ自体については、彼は回想するのを嫌った。

それに反して、同様にリルケを中部ヨーロッパから連れ出した第一次大戦前の二度目の大旅行は幸運に推移した。一九一二年十月彼はミュンヒェンからスペインの方角へ旅立った。リルケのスペインでの滞在は――トレード、コルドバ、セビーリャそしてロンダであったが――初めてパリに来た時以来深く印象付けられていたエル・グレコの絵画一辺倒であった。エル・グレコの絵画はしばしば宗教的モチーフが表現され、神秘的忘我によって特徴付けられている。宗教的神秘主義は、リルケがその中にトレードとスペインの風景を記述している手紙全体を貫いている。エル・グレコやスペイン旅行の痕跡は〈ドゥイノの悲歌〉の中に、そして幾つかのリルケの作品の中に見出される。彼のスペイン体験はロンダ滞在中に成立した〈スペイン三部曲〉にこそ直接現れている。

二

一般にリルケの創作の危機といわれているものは、もっと平凡な人間の場合であったら、恐らくあまり同情されることなくmidlife crisis《中年の危機》と名づけられるであろう。それは安らぎの喪失、これまで成し遂げたものも含め、あらゆる生の領域に浸透した不安定感、古い習慣を放棄し、これまでの友人関係をやめる必要性、その上、無駄に幻想を持たない人間関係の識別、それに、時には人生の幸福をなお恋愛関係の中に見出そうとする希望から引き離す配慮である。

もしリルケがある土地で首尾良く仕事が出来た時は、旅行への欲求はそれほど大きくはならなかった。一九一一年春と一九一四年夏の間で二週間以上滞在した土地のリストはそれ故彼の仕事の重要な障害を語っている。即ち、パリ、ボヘミア、ライプツィヒ、ミュンヒェン、パリ、ドゥイノ、ヴェネチア、ドゥイノ、ミュンヒェン、トレード、ロンダ、パリ、バート・リッポルツアウ、ゲッティンゲン、ハイリゲンダム、ベルリーン、ミュンヒェン、パリ、ベルリーン、ミュンヒェン、パリ、ドゥイノ、アッシジ、パリ、ゲッティンゲンそしてライプツィヒである。彼の旅行の様式はこれらの年月が過ぎ行くうちに変化した。後にミュゾットで自分の意思で厳格な条件の下で生活することになるリルケだが、優雅なホテルや召使たちの傅く宮殿の快適を大いに尊重する気持ちを持っていた。そのことで彼は出版社主を怒らせてしまった。ロンドンのドイツ大使夫人のメヒティルデ・リヒノフスキー侯爵夫人が一九一四年六月リルケのための一種の後援者のチームを召集しようとした時、キッペンベルクは出版社主仲間のクルト・ヴォルフに憤慨して、リルケは経済的に調子が良くなれば、もっと仕事をしなくなるであろう、と語った。ついでに「彼は旅行でよく一等車

41　ロンダ

に乗るそうだ。」とも語った。

リルケは第一次大戦前の数年間実際それ以上大きな経済上の心配をする必要はなかった。インゼル書店の定期的支払金は四半期ごとに五百マルクで、なるほど贅沢は出来ないが、時々更に大きな印税の支払いがあった。――〈マルテの手記〉の初版に対して二千七百マルク、〈時祷詩集〉二種の新版に対して九百マルクであり、――そして彼の母親から月々八十クローネ受け取っていた。ザームエル・フィッシャーやカール・フォン・デア・ハイトは引き続きリルケ宛に金を為替で送った。一九一一年夏彼は従姉妹のイレーネ・フォン・クッチェラ-ヴォボルスキーから一万クローネを相続した。また一九一二年春にはエーファ・カッシーラーがルート・リルケの学校教育のために一万マルクを用立てた。友人たちによる救援活動とは今日の観点からすると奇妙な気持ちになるが、彼らがあの時代においては詩人として高い社会的名声にあっても、それほど異常ではなかった。リルケが全く無一文になってエジプトから帰ってきた時は、フーゴー・フォン・ホフマンスタールは、取り分けヘレーネ・フォン・ノスティッツやハリー・ケスラー伯爵を動かして、自発的な援助を行わせたし、事柄をいつものように組織的に、また先を見通して取り掛かるキッペンベルク

私は、第一印象が彼の口から発したのか、――それは厚い殆ど子供のような唇の大きな開いた口であった――あるいは彼の眼からか、あるいは灰色の顔からか、もはや覚えていない。第一印象が生じたのが顔であったかどうか、全く覚えていないのだ。顔ではなかったと私は思う。けれども姿でもなかった。それは彼のネクタイであった。……私は当時リルケの内なる人間と外なる人間の間の緊張を感じた。それが私を感動させたのだ。

フランツ・ヴェルフェル〈日記〉一九二七年八月

はカール・フォン・デア・ハイトやルードルフ・カスナーその他の人の元で高額の金を集めたので、彼はリルケに三年間に亘ってそのつど四千マルクずつ用立てることが出来た。遂には、大戦の開戦直前に数学者であり言語哲学者でもあるルートヴィヒ・ヴィトゲンシュタインは遺産を相続したが、世界観上の理由から自分自身のためだけには使うつもりはなく、二万クローネの額の金をリルケに進呈したが、その金が誰からのものかリルケは当初知らなかった。もう一人助成を受けた者はゲオルク・トラークルであった。

芸術家という観点から見ると、若い頃は助言や援助を求める者であったが、今はもうそうではなくなったリルケは大戦前数年の中に次第に彼の側から芸術家を援助し始めた。彼はあらゆる友人たちに若いフランツ・ヴェルフェルの豊かな才能を賞賛し、スイスの女流詩人レギーナ・ウルマンのための経済的な援助に尽力した。そして彼は、成功の絶頂を過ぎ、舞台からの首尾良い引退を見出せないでいるエレオノーラ・ドゥーゼが〈白衣の侯爵夫人〉上演で主役を引き受けることを望んだが、――計画は実現されなかった。リルケは一九一一年夏パリで十七歳の悲惨な生活に喘いでいる女子労働者、マルト・アンヌベールと知り合った時、良き助言者という強い名誉心に駆られた目標を定める。彼は、芸術家の素質が認められると思えるこの若い女性に手助けして自立した生活をさせたいと願った。そしてその後、マルトがあるロシアの彫刻家と関係を結んだ後も、変わることなく彼女の先行きを心配した。大戦後もなお、スイスからリルケは彼女に頼んでいる。「話してください、早くそしてたくさん。私は待っています。私は待っています。私は待っています。」マルトは彼女の官能性と生きる喜びをもってリルケを魅了したが、彼女は何度も愛における不安定を彼に意識させた。

〈マルテ　ラウリッツ　ブリッゲの手記〉の中でリルケは、恋人を乗り越えて成長し、遂には恋人をもはや必要としなくなった真に愛する女性たちを褒め称えた。マリアンナ・アルコフォラド、イタリアの女流詩人ガスパラ・スタンパ、フランスのルネサンス時代の女流詩人ルイーズ・ラベそして数多くのその他の女流芸術家たちの伝記が、リルケには恋人の人物や現存在に左右されない自律した愛の感情を女性たちが繰り返し発展させることに成功する、という彼の理論の証拠として用いられた。愛のこの形式が、それによって人間が肉と霊に傷を負うことなく、自由に発展出来る唯一の形式であると、リルケは確信していた。真に愛する女性たちは彼女たちの恋人たちに勿論なお暫くの間は寛大であるに違いない。というのも男たちはリルケの言うところでは「愛の仕事」を全く初歩から始めなくては

42　マグダ・フォン・ハッティングベルク、オーストリアの女流ピアニスト。彼女はリルケをフェルッチョ・ブゾーニに紹介した。そしてリルケの音楽理解に決定的な影響を与えた。音楽理論についての彼女との討論に基づいてリルケは〈音楽の新しい美学の構想〉を、ブゾーニがリルケにも捧げたインゼル文庫に受け入れることを提案した。マグダ・フォン・ハッティングベルクによってリルケはバッハ、ヘンデル、ベートーヴェンそしてシューマンの音楽にも心を開いた。

43　マルト・アンヌベール

ならない「初心者」であり、「ディレッタント」であるからだ。

リルケは自分の人生を何らかの理論で形成することはなかったし、ましてや自分自身が展開した理論で形成したことも決してなかった。彼はマルトに巻き込まれたが、彼の「偉大な愛に生きた女性たち」の手本に習って自律した愛の感情を発展させようとはしなかった。そして八歳年下のピアニスト、マグダ・フォン・ハッティングベルクが彼に書いた尊敬の気持の溢れた手紙が一九一四年初め次第に情熱的になっていった時、リルケの胸の内にまたも女性との共同の生活への願いが目を覚ました。彼は彼女を『ベンヴェヌータ』（喜び迎えられたひと）と呼んで歓迎した。彼女に宛てた彼の手紙は四週間の間に百七十ページにもなった。そして二月の終わりに彼は急ぎ決心してパリを去り、ベルリーンで彼女と顔を合わせることになる。この頃のベンヴェヌータのための詩は以下の詩句で始まる。「おお、悲惨の外皮に覆われた我が心よお前はどのように眠るのか／惨めな殻の中に残された核をそっとお前に洩らすのは何か」。ベルリーンではリルケとマグダ・フォン・ハッティングベルクは展覧会

ルードルフ・カスナー（一八七三―一九五九）、哲学的著述家。カスナーは〈観相学的世界像〉を展開したが、その中で彼は肉体、魂、精神、人間そして宇宙の秘かな対応の謎を解き明かそうと試みた。カスナーは他にプラトン、トルストイ、ドストエフスキー、アンドレ・ジッドを翻訳した。作品（抜粋）は、〈数と顔〉（一九一九）、〈観相学的世界像〉（一九三〇）、〈観相学〉（一九三二）、〈比喩の本〉（一九三四）、〈虚栄

やコンサートに出掛けたり、彼女が彼のためにピアノでヘンデルやベートーヴェンの曲を演奏して聴かせた。遂に彼らは一緒にミュンヒェンへ行き、リルケは一九一二年この地に移住していたクララとルートと再会する。バルト海沿岸地方の小説家エードゥアルト・カイザーリング、出版社主夫妻フーゴー・ブルックマンとエルザ・ブルックマン、そしてルードルフ・カスナーともリルケと彼の新しい恋人はしばしば一緒になった。パリで数週間一緒に過ごした後、二人は四月になってドゥイノへ赴いた。そこで希望と期待を両者互いに掛けすぎた関係は壊れてしまう。彼らは友情を胸に秘めて別れることになった。それにも拘らずリルケはこの別離をひどく悩み苦しんだ。というのも彼は愛する人の喪失を迫り来る破滅と受け取ったからであった。しかし彼が離別の苦しみを克服するのに、長くはかからなかった。四ヶ月後には二十三歳の女流画家ルル・アルベール - ラザールと関係が始まったのである。

その当時リルケがマルト・アンヌベールやマグダ・フォン・ハッティングベルクと体験した衝撃と比較すると、クララが離婚へ急きたて始めたことも、リルケは見たところ比較的落ち着いて受け入れた。リルケは全てに、離婚の動機としての『不快の根拠』にも了承した。けれども両者の異なった宗教上の所属、遠く隔

〈心について〉（一九三四）。

44　ライナー・マリーア・リルケ。ルル・アルベール - ラザールの油絵、1916年。

たった滞在地、異なった国籍が、お役所的にも、また経済的にもあまりに大きな無駄な出費を必要としたので、離婚には至らなかった。

危機時代のリルケは拠り所と一貫性をルー・アンドレーアス - ザロメとマリー・タクシスの友情から得ていた。マリー・フォン・トゥルン・ウント・タクシス侯爵夫人は国際的な中央ヨーロッパの貴族階級のより良い部分の典型的な代表人物であった。つまり世界に心を開いた、教養のある世故にたけた人柄であった。リルケの人生と詩作にとって取り分けアドリア海の上高く、突出した岩山の上にあるドゥイノの城が重要である。この城は侯爵夫人が彼女の母から相続したものであった。一九一一年から一九一二年の冬、この城に滞在していた間にリルケは第一の悲歌と、その後の悲歌の冒頭部分を書いたが、彼はこの悲歌を

そして伯爵夫人、お判りでしょう、私は何の助言もできませんし、成り行きに任せるだけで、時々見てやるしかできないのです。私は落ち着いて手を貸してやれる苦労人でもありませんし、心情のインスピレーションが降りかかってくる恋人でもありません。私は決して恋する男ではなく、ただ外部から心動かされただけで、それは多分誰かが私の心を揺さぶることが決してなかったからですし、また多分私が母を愛していないからです。この才能豊かな小さな娘の前に立ちますと、自分が本当に貧しく思われます。私よりほんの少し用心深くなく、さほど危険に晒されていない者（私は暫く前からその

後に大戦中甚大な損傷を受けた城の想い出に〈ドゥイノの悲歌〉と名づけた。リルケと二十歳年上のマリー・フォン・トゥルン・ウント・タクシスの間で互いに自分の考えを語り合ったが、それは迅速で個人的なテーマをも含んでいた。そして互いを信頼し合う気持ちが相互にあった。リルケが一九一五年の初頭ルル・アルベール - ラザールのための恋の苦痛で悩み、侯爵夫人に苦衷を訴えた時、侯爵夫人は彼に次のような返事の手紙を書いた。「ドットル・セラフィコ!!! 本来私は貴方をひどく叱りたい気持ちです。――貴方は赤ん坊のように本当に叱り付けられることが是非とも必要なのだと思っています。貴方もまた同じ赤ん坊なのです、大詩人であっても。……人間は誰も孤独です。そして孤独であり続けなくてはいけません。そしてそれに耐えなくてはいけません。それに屈服してはなりません。救いを他人の中に求めてはいけません。……

D・S・よ、聖ドン・ファンも貴方と比べると未熟者で、貴方の足元にも及はないと思えるほどです。――そして貴方はいつもそのような枝垂れ柳(=打ちひしがれた人)の姿を見せますが、全然悲しくは無く、本当は私はそう思っていますが、――貴方は、貴方御自身が全ての人の目にこのような者でしたが)なら彼女に限りなく陶酔し、自分を教化することが出来たでしょう。愛は全て私にとっては骨の折れる努力であり、仕事であり、過労なのです。ただ神に向かってだけ、私はいくらか気が楽になります。と申しますのは、神を愛することは、入ること、歩くこと、立ち止まること、安らぐことであり、そしてどこにおいても神の愛の中にいることだからです。

マリー・フォン・トゥルン・ウント・タクシス侯爵夫人宛

マルト・アンヌベールについて　一九一三年三月二十一日

ように映っているのですよ。――」(一九一五年三月六日)

リルケはその人生において侯爵夫人以外の誰にも、彼とそのように語る権利を認めることはなかった。しかし侯爵夫人にあっては、彼女はもっぱら一つのことを、即ち彼女の《ドットル・セラフィコ》が彼女と世界の残りの人々に将来も詩を贈り続けることだけを望んでいるのを彼は知っていた。

三

リルケ自身の意見によると、彼は〈マルテ　ラウリッツ　ブリッゲの手記〉を書いた後、芸術的観点からすると不毛の年月を過ごしたことになる。なるほど数多くの詩及び詩の草稿は書かれたが、連作はそこから生じる気配はなかった。生前公開された最後の散文のテキストをリルケは一九一四年初めに書く。それは一九一三年秋から個人的に知り合ったロッテ・プリッツェルの蝋人形についての論文であった。リルケは書かずには生きていけない人間だったので、そして手紙を書くことも結局は彼を満足させないので、フランス語からの翻訳に手をつけ始めた。一九一一年春彼はモーリス・ド・ゲランの〈ケンタウロス〉(半人半馬)

45　**マリー・フォン・トゥルン・ウント・タクシス侯爵夫人。**旧姓フォン・ホーエンローエ - ヴァルデンブルク - シリングス侯爵の公女。ヴェネチアに生まれ、育つ。熱狂的芸術愛好家で、彼女の城や所領の別荘に好んで、またしばしば、例えばガブリエーレ・ダヌンツィオ、ドゥーゼ、ルードルフ・カスナーやフランスの女流詩人アンナ・ド・ノワイユといったさまざまな芸術家たちを自分の回りに集めた。

46　ドゥイノ、岩壁上の宮殿、1910年の眺望。

――一八四〇年からの散文詩――を翻訳した。その後も優れた説教師ボシュエの説教〈マグダレーナの愛〉を翻訳。二つの翻訳はインゼル書店から出版された。一九一三年の年末、マリアンナ・アルコフォラドの〈ポルトガルぶみ〉のリルケによる翻訳も出た。大戦が始まる直前彼はアンドレ・ジッドの〈放蕩息子の帰宅〉のドイツ語版を出版した。しかし彼は自分に満足をしていなかった。ほんの少しの理解でも期待できる全ての文通相手に彼は本当の詩の仕事に対する不能を嘆いた。世界への新たな詩の手掛かりを求めて、クライストとシュティフター、クロップシュトック、ヘルダーリーンそして

今度私を悩ましているものは、休息期間の長さはそれほどではなく、一種の無感覚であり、他の人がそう名づけるのなら、一種の老化であって、あたかも私の中のこの最も強固なものがどうしてか損害を被ったかのように、ほんの少々だが責任もあるかのように、貴女はお解りでしょう、宇宙空間ではなく空気でしかない雰囲気でもあるかのように。

ルー・アンドレーアス・ザロメ宛　一九一二年一月十日

ゲーテ、シェイクスピアを読んだが、どちらかといえば馴染みの薄い作品、例えばデンマークの作家ヨハンネス・ウィルヘルム・イェンセンの散文、神秘的な〈フォリニョの福者アンジェラの幻視と教訓の書〉あるいは、イタリアの歴史家ムラトーリの〈イタリア史の年代記〉をも読んだ。一九一二年の初頭リルケは少しの間、苦難の期間は乗り越えたと信じた。十月以来ドゥイノの城に滞在していた。一月の最初の二週間この地に彼は殆ど全く一人で過ごした。彼はルー・アンドレーアス-ザロメに宛てて長文の手紙を書き、その中でこの女の友に当時の哀れな状態を述べている。加えてリルケはこの頃ミュンヒェンの医者のエーミール・フォン・ゲープザッテルとも文通していたが、クララ・リルケも丁度精神分析の治療を受けていた。リルケは状態が思わしくなかったので、自分も同様に精神分析の治療を受けることを真剣に考えた。なるほど一九一二年一月の一週の中に、十二篇の詩の小さな連作、〈マリーアの生涯〉が成立したが、この連作を書くのにリルケはスペイン人のリバデネイラの〈マリーアの生涯〉に刺激され、同様にドゥイノの城の図書館で発見した教会画家のための聖像画のハンドブックである、いわゆる〈アトス山の画家の書〉にも刺激を受けた。だがリルケは一九一三年に出版されたこの連作をいつも少し低く評価していた。その由って来る所は〈マ

この地上こそ　言葉で言い得るものの時節だ　地上はその故郷だ
されば語れ　そして　告げよ　嘗てないほどに
事物たちが　体験しうる事物たちが
滅びてゆく　何故なら
これらの事物たちを押しのけて
取って代わるものは　形象を持たぬ
行為であり
内部で行動が大きくなりすぎ　別な限界をなすやいなや
たちまち飛散して

リーアの生涯〉が書き上げられて程なくして遥かに大きな作品が（天から）贈られたと確信していたからである。城の足下の岩壁を徘徊していた時、激しい風のざわめきの中、彼に呼びかける一つの声を聴いたと思った。「誰が　たとえ私が叫んだとて　天使たちの序列から　それを聴くであろうか？・」この日リルケに〈ドゥイノの悲歌〉の最初の詩句を呼びかけたのは、本当に外からの一つの声であったかどうか、あるいは彼が聴いたのは内からの声の絶望の果ての叫びであったかどうかは決められない。いずれにせよリルケはその日の夜の中に〈ドゥイノの悲歌〉の第一の悲歌を完成している。その三日後彼はゲープザッテルに、自分は最終的に精神分析を受けないと決心したことを通知した。彼は以下のことを恐れた。即ち、もし彼から自分の「悪魔が追い払われるなら、私の天使たちにも小さな、ある全く小さな（と私たちは申しておきましょう）恐慌が生じるかもしれない、――そして――お気付きの事と存じますが――まさにこれは絶対に任せてはならないのです」と。リルケは更に彼の詩の仕事による「自己治療」を信頼するつもりであった。けれども詩作によるこの新しい方法への打開策は創り出されていなかった。十年後ミュゾットの塔の中でリルケはようやく〈ドゥイノの悲歌〉全篇を完成する。その際、彼が綱領的な詩〈転向〉を書いた遅くとも一九一四年

しまう殻に包まれ
ている行為だから
だ
ハンマーとハン
マーの間に　私た
ちの心は
生きている　丁度
歯と歯の間の舌が
生きていて　それ
でもなお
それが褒め称える
舌であり続けるよ
うに
〈ドゥイノの悲
歌〉の第九の悲
歌から

六月以来、彼の大きな目標への道は明確になった。彼が〈新詩集〉や〈マルテの手記〉で実践した《凝視する》ことに今や《心の仕事》が続くこととなる。この世界と現存在を褒め称えること、あらゆるこの世に存在するものを是認すること、正にこれこそリルケが的確に言葉で表現し、形を与えようとしたものであった。この危機の年月での人生における苦悩に直面して、彼はこれ以上名誉心に適う目標を設定することは殆ど不可能であっただろう。

四

〈ドゥイノの悲歌〉は、リルケがそれを克ち得るために最も長く努力し、不安を抱き続けた作品である。長期に亘った成立期間についての内面の理由の一つは、彼がこの作品を自分自身の内部から創造することが出来たのではなく、《神から》彼に吹き込まれたものであり、そして自分の使命は霊感に対して感応する準備をしていることだ、と信じていたことにある。彼がマリー・タクシス、ルー・アンドレーアス-ザロメ、

「ついに
　侯爵夫人
　ついに祝福された日が、何
と
祝福された日が来たことでしょう。私が貴女に悲歌の完結を
――私が見る限りでは――あの
　悲歌の
　　お示しできる
　十篇です!　……
全ては二、三日のうちに完成しました。それは名状し難い精神の中の嵐、暴風(ドゥイノの当時のような)でした。私の身体の中の全ての繊維や組織は裂けてしまいました、――食事については全く考えもしませんでした。誰が私を養ってくれたか、神のみぞ知るです。
しかし　今や　それはあるので

ナニー・ヴンダリー‐フォルカルト、その外の人々に宛てて手紙を出し、一九二二年二月遂に完成した悲歌を共に祝福した、その精神の高揚と安堵感は、彼の天賦の才が果たすべき重要な仕事を成し遂げ、詩人としての彼本来の使命を達成したことを自ら確信した瞬間、リルケから緊張が消え去った印象をこの人たちに与えた。

〈ドゥイノの悲歌〉は一九一二年冬から一九二二年二月二十六日までの期間に書かれたものだった。主要部分はドゥイノの城にて一九一二年の一月と二月の僅か数日で仕上がり、それから一九二二年二月スイスのミュゾットの館で書き上げられた。表面的に見れば、十年は、結局丁度十篇、合わせて八百五十三行からなる一つの作品に対しては途方もなく長い成立期間である。だが悲歌を完成させることが出来るには、リルケは世界に対する姿勢を根本から考え抜き、重要な観点において変えざるを得なかった。

〈新詩集〉、取り分け〈マルテ　ラウリッツ　ブリッゲの手記〉の中でリルケは人間のさまざまな苦悩を――不安、苦痛、病、儚さそして死を――避けがたく、それ故付け加わってくる実存の条件として《直視した》。

す。　あるのです。　あるのです。
　　アーメン
私はこのために　ここまで堪えぬきました。全てを堪えぬいて。全てを。そしてこれが無くてはならぬことだったのです。ただ、そのことだけが。」
マリー・フォン・トゥルン・ウント・タクシス侯爵夫人宛
一九二二年　二月十一日

今や、悲歌において彼は更にもう一歩力強く前進しようとした。「いつの日か　恐るべき認識の果てに立って／肯《うべな》う天使たちに　歓呼と賞讃の歌を　高らかに歌えんことを」――一九一二年ドゥイノの城にて既に書きとめられたこの詩句をもって、苦痛を――人間のさまざまな苦悩の一つの形象であるが――有意義な生に対する不可欠な前提として褒めたたえた第十の悲歌は始まる。

　苦悩を受け入れることが出来ず、なるべく避けたり、排除しようとする者は、目的を失って、ただ空虚の年の市を徒に流されて行くばかりだ。この年の市は第十の悲歌では「慰安の市」といわれ、「あらゆる種類の好奇心の小屋掛けが／呼び込み、太鼓を鳴らし、喚きたてている。」苦悩を避けたり、排除することが何故それほど悪いことか、という疑問が生じる。リルケはあらゆる宗教的な、また哲学的な世界解釈上のモデルに対して克服しがたい不信の念を抱いていたので、彼は――同じように普遍的主張を持つ文学を創作した、例えば、ダンテ、ミルトンあるいはクロップシュトックとは違って――彼の詩人としての言葉に権威を付与するためには、勿論歴史的に伝えられてきたが、個人的に解釈された、それによってある程度私的な神話に頼らざるを得なかった。この私的な神話では理想的な形姿が中心的な役割を果たしている。即ち子供、英雄、愛する女性たち、聖者、夭

私たち　苦痛を浪
費する者よ
悲しい持続のさな
かにあって　もし
やそれが終わりは
しないかと
その私たちは　何
と苦痛を予め予測
していることだろ
う　だが苦痛とは
私たちの冬にも枯
れずに残る葉　私
たちの深緑の冬蔦
なのだ
それは　秘められ
た年の一つの季節
であり　――季節
であるばかりでな
く
それはまた――場
所、集落、臥所、

折した者たち——これらの者たちは、金、技術、あるいは幻想から生み出される慰安の品物による現代の世界の誘惑によって引き起こされる疎外を免れたあるいは免れる「完全な」、完成した人間たちである。それらの理想的人間の形姿に天使の神話が基準点として加わる。悲歌の天使は、リルケが強調している通り、キリスト教の天使とは何ら関係は無い。天使はむしろ自身の中に充足している存在を意味しており、人間にとってその苦悩の評価基準であると同時に到達不可能な模範である。「思ってはならない　私が求愛していると／天使よ　たとえ御身に求愛しても　御身は来ないのだ」と第七の悲歌の中で言われている。もし個々人にとって常に不相応な外部からの評価基準から人間が自らを自由にするならば、現存在たる人間は意味深く、幸福となる。

個々人に与えられている悩みも含めて、人生を褒め称えようとする意思によってしか、そしてもはや己の行為の意義を問わない現代人であっても、人生を褒め称えようとする意思によってしか、人間は——リルケはここでは取り分け詩作する人間を念頭に置いているのだが——その魂の無欠のままの状態を守ることは出来ない。

リルケは悲歌の中で、何故人間の生は意味深く、どんなことがあっても価値あ

土地、住処なのだ〈ドゥイノの悲歌〉の第十の悲歌から

るものなのかを極めようと試みた。彼は現世より美しい彼岸を想像することによって現世を意味あるものとしようとするのではない。彼が出した答えは反論の余地のないものであった。人生は意味があり、価値あるものだ。それは常に幸福だからではなく、常に比類ないものだからだ。

五

マグダ・フォン・ハッティングベルクからの離別の後、リルケは暫くの間パリへ戻ってきていた。七月の終わりこの都市を離れ、ドイツへの比較的短い、と彼には思えた、旅行に出た。ゲッティンゲンで彼はルー・アンドレーアス‐ザロメと再会し、それからライプツィヒのキッペンベルク家の元へ行った。そして一九一四年八月一日ミュンヒェンに着いて、ヴィルヘルム・フォン・シュタウフェンベルク博士に胃の当たりに感じる原因不明の不快感を診察してもらった。ミュンヒェンでリルケは大戦勃発に驚愕させられる。最初は熱狂して彼は〈五つの歌〉を書き、これが『インゼル‐アルマナハ』(インゼル書店の年刊カタログ)の一九一五年大戦号に掲載された。このリルケの戦争賛美の詩には、戦時下における多

私が心奪われている者たちを見るのは、幸せなこと。
もう長いこと
私たちにとって演劇は真実ではなく、
捏造された形象は私たちに決定的に語りかけることも無かった。
恋人たちよ、今や見者のように　時代を語れ、
眼は見えずとも
太古の精神から。
聴け。　御身たちはまだ決して聴いたことが無かった。御身たちは
激しい風が

くの彼の同時代人の抒情詩が打ち出した文明の倦怠、ナショナリズム、外国人への敵視といったものは一切感じられない。リルケは戦争を、怠惰な日常の単調な流れから一人ひとりを引きさらう、原初の神秘的な力として歓迎したのであった。しかし数週間後には戦争を凄まじい災禍としてしか感じなくなっていた。オーストリア‐ハンガリー帝国に生まれはしたものの、その地を故郷と感じたことはなく、ロシアに行くとそこを情感的に感じ、パリにいると精神的に家に帰った気持ちになり、イタリア、スペイン、スカンジナビア諸国で生活した彼は、戦争が想像を絶する苦難を人類の上にもたらす、と感じ取った。十月には既にアクセル・ユンカーに宛てて以下のような手紙を書いている。「〈戦争の歌〉は私の手元から差し上げられません、どんなことがありましょうとも。八月の最初の日々に出来ました二、三の歌を貴方は新しい「インゼル（戦争の）アルマナハ」でお読みになれましょう、――しかしこれらは戦争の歌とみなすことは出来ません。私はまたこれを別な場所で再利用されたくもありません。」（一九一四年十月十九日）

医者の勧めに従い、リルケは一九一四年八月の終わりに田舎、つまりイザール渓谷のイルシェンハウゼンへ行った。シュタウフェンベルクが彼に精神分析的治療法を強く勧めていたが、この考えをまたも拒絶した。彼は一九一三年の秋

一段と騒がしく今
その中を疾駆して
行く樹木だ。
穏やかだった数年
を越えて　激しい
風は吹き寄せてく
る、
祖父たちの感情か
ら、更に気高い行
為から、高い
英雄たちの山脈か
ら。この山脈は間
もなく御身たちの
喜ばしい名誉とい
う新雪に覆われて
更に純粋に　更に
身近に輝くのだ。
〈五つの歌〉Ⅱ
より

ルー・アンドレーアス - ザロメと共にミュンヒェンで開催された《精神分析学会》の会議に参加し、その際フロイトと知り合った。ルーは更にその間心理分析に集中して取り組んでいたので、精神分析を行うことが何を意味するか、リルケは極めて正確に知っていた。そのような治療法の後、もう何も書くことが出来なくなるのではないかという不安の方が、一九一二年八月既にあったことだが、この度も、苦悩の重圧よりも大きかったのである。そこでリルケはイルシェンハウゼンのペンション［シェーンブリック］での保養の方を選んだ。この地で彼は、パリで見かけたことはあったけれども、勿論知り合ってはいなかった女流画家ルル・アルベール - ラザールと出会った。リルケは今回も関係するさまざまな事では決断の早い男であることが立証された。彼はミュンヒェンに戻った時、フィンケン通りにあるペンション［プファンナー］へ引き移り、ルルもまたそこにアトリエを持った。そこで二人は同棲する。そして遂にはミュンヒェンの会社アルベール・ウント・ブルックマンの所有者であり、ルルの夫である、化学者のオイゲン・アルベールがこの準備について彼の怒りをはっきりした言葉で表明し、少なくとも外部に向かって社会的慣習を満足させることを主張した。それでリルケはこれ以上の憤激を回避するため、引き払って、ともかく先ずはベルリーンへ行っ

萎縮する者たちを、
お前は塔の数々を知らない。
だが　お前の内部に
素晴しい部屋のある
一つの塔があるのを
いま　お前は認めなくてはならない。お前の目を瞑ってごらん。
それをお前は真直ぐに起こした
何も予感することなく　眼差しと合図と
変化をもって。
よって硬直する、
不意にそれは完成に
そして至福の者である私はそれと係わることができる。
ああ　私はその中で

た。彼は雑誌［インゼル］の創立者のアルフレート・ヴァルター・ハイメルを死の床に見舞った。それから友人たちフォン・デア・ハイト夫妻、公女ティティ・タクシス、ピアニストのジュリエッタ・メンデルスゾーン、ゲールハルト・ハウプトマンを訪問したし、マグダ・フォン・ハッティングベルクとも再会を果たした。工場経営者フリッツ・ヴィクトーア・フォン・フリートレンダー‐フルトの家で彼はその二十二歳の娘で、丁度最初の夫と離婚したばかりのマリアンネ・ミットフォードと知り合った。マリアンネ・ミットフォードは離婚後再び両親と同居したので、パリ広場に面した彼女の家をリルケの自由に使わせてくれた。ここで彼はその間同様にベルリーンにやって来たルルと一緒にクリスマスを過ごしたのである。

ミュンヒェンに戻ってきた後、リルケは再びフィンケン通りに引き移った。新年の最初の数ヶ月が経つうちに、ルルはリルケが与えようとしているもの、与えることの出来る以上のものを彼から期待するようになったので、彼女との関係は続けられないであろうことが次第に明確になってきた時になっても、また三月中頃から五月末までルー・アンドレーアス‐ザロメまで客となるに至っても、リルケはルルとの共同の住居に残り続けた。六月になってやっとリルケは新しい住居

何と狭苦しいことか。
私は丸天井へと首尾よくあふれ出る。
お前の柔らかな夜夜のなかへ
胎内を眩しがらせる打ち上げ花火の躍動をもって
今ある私よりももっと多くの感情を射出させるために。

〈七つの詩〉の第四節《所謂ファルス賛歌》一九一五年晩秋

を探す。彼はフィッシャー夫妻の家で女流詩人ヘルタ・ケーニヒと知り合い、彼女が比較的長く留守にする間「ヴィーデンマイアー通りの大いなるピカソの絵画のある家に少しの間速やかに且つ静かに」受け入れてくれるかどうか、彼女に問い合わせている。数日後リルケはヴィーデンマイアー通りのヘルタ・ケーニヒの住居に引っ越して、十月中頃までそこに留まることが出来た。「大いなるピカソ」とはリルケがヘルタ・ケーニヒ所有の油絵《軽業師の一家》を指しているのであり、リルケは一九二二年二月の第五の悲歌、ヘルタ・ケーニヒに捧げたこの悲歌の軽業師たちの描写に際してこの《軽業師の一家》の絵を念頭に置いて

47　「軽業師の一家」パブロ・ピカソ（1881－1973）の油絵、1905年制作。ワシントンのナショナル　ギャラリー　オブ　アート所蔵。

© 2007 - Succession Pablo Picasso - SPDA (Japan)

いた。十月にケーニヒ夫人が帰って来た後リルケはケーファー通りにある作家で外交官のヘルベルト・アルベルティの別荘に移った。

リルケはミュンヒェンにおける社会的関係を支える情報網を自在に用いたので、自分の宿泊の心配をしないで済んだ。経済状態もルートヴィヒ・ヴィトゲンシュタインからの贈与のお蔭で重大な問題はなかった。なるほどリルケはキッペンベルクの意見によると金をあまりに早くまた軽率に使いすぎるようだが、その場合でも彼は自分自身だけを考えているのではなく、クララやルートをも援助したのであった。しかし彼は執筆のために必要とし、悲歌を捗らせるために望んでいた心の安らぎは見出せなかった。人間関係の問題とそこから生じる自分自身に対する疑いがそれを妨げたのである。そして日々彼の元に届く激しい戦闘のニュースは余計な働きをした。その上なおも、オランダの友人たちを通じて振替でパリの住居の家賃が送金されたが、適切な時期を失したので、彼の所有物は没収され、競売に付されたとの知らせがパリから届いた。物質的な損失をリルケは些細なものと見做したが、書籍、手紙そして原稿の喪失は悲痛なこととなった。戦後になって彼はアンドレ・ジッド、シャルル・ヴィルドラック、その他のフランスの作家たちの努力のお蔭でその内のほんの僅かなものを取り戻した。しかし秋になって短期間ながら、集中的な創造段階の一つが思いがけずリルケを意気消沈した状態から引き上げた。次々と続いて先ず研究文献では大抵当たり障りなく〈七つの詩〉と呼んでいるが、時には勿論更に適切に〈ファルス讃歌〉と名づけられているテキストも成立したが、このテキストについてアメリカの文芸学者ジョージ・C・スクールフィールドはある時『敬虔なリルケ‐研究家たちの戸棚の中の骸骨』と語った。

その後一九一五年の十一月に三つの抒情詩のテキストが出来上がる――〈死〉、〈ある少年の死のための鎮魂歌〉そしてあの陰鬱な第四の悲歌が――リルケはこれらの詩の中で排除された死ではなく、自明のものとして、また避けることの出来ないものとして受け入れられた死のための形象の輪郭を描こうと努めたもので、それらの詩はリルケの賞賛への道程の里程標石を表わしている。

リルケがこれらの詩のテキストを書いていた時、彼の徴兵検査、つまり彼が苦労を重ねて排除してきた幼年学校時代のトラウマ的体験がすべて蘇えるという、差し迫った宿命の期日も既にはっきり迫っていた。しかしこの年の秋、別な何かが彼に幼年時代を思い起こさせた。それはミュンヒェンでの母親との再会であり、二人とも勿論知る由もなかったことだが、これが彼らの最後の出会いとなった。

マリーア（＝リルケ）に関しては、彼女（＝リルケ）が最初に入った家（＝兵営）でとても酷く扱われたと聞きました。しかし残念ながら今や第二の……私たちがそれ以上に恐れている不測の事態が起こりました。つまり、肉体的な健康を精神的に、また道徳的に損害を与えることで報復する、そのような勤務による辱めです。兵営では習慣になっていて、私も当時、大いに十一月の徴兵検査でリルケは武装した国民軍合格と判定され、一九一六年一月四日《未編入国民軍兵士》として北部ボヘミアのトゥルナウへの応召令状を受けた。残されている数週間リルケはそれらの出来事は精神的没落を意味するのだが、彼はこれらの事態を無事に回避するために、あらゆる手立てを尽くした。カール・フォン・デア・ハイト、カタリーナ・キッペンベルク、ジドーニエ・ナートヘルニーそしてアレクサンダー・フォン・トゥルン・ウント・タクシスが彼のために尽力してくれたし、オーストリア軍の司令部付き将校で、マリアンネ・ミットフォードを通じてリルケと知り合ったフィーリップ・フォン・シャイ-ロートシルト男爵、彼はルートヴィヒ・フェルディナント・フォン・バイエルン王子の副官であるが、共にリルケの兵役免除のために再三擁護してくれた。兵役免除のための理由としてリルケの年齢、彼の疲労困憊の健康状態、インゼル書店の側からは、商業上の利益が挙げられている。

友人たちの努力は次第に成功を収める。先ずリルケは、そこに入ってしまったら恐らく誰も彼を救い出すことが出来なくなったであろう北部ボヘミアの片田舎のちっぽけな町トゥルナウに入隊しなくて済んだが、バウムガルテンにあったヴィーンの兵営には入営しなくてはならなかった。野外勤務の訓練は彼の体力の

心配していた頃書いたことがありましたが、そんな不当な要求全てを彼女は正当なものとして応じなくてはならないのです。彼女がそれを果すことが出来るなんて、殆ど考えられません。

ジドーニエ・ナートヘルニー宛カール・クラウスの手紙　一九一六年三月九～十日

限度を越えていた。彼は倒れてしまい、再検査され、そして一月の終わりに軍事文書課に移された。その部署にはシュテファン・ツヴァイク、アルフレート・ポルガー、その他の作家たちが、彼ら自身《英雄に飾り立てる》Heldenfrisieren と名づけた仕事に既に携わっていた。彼らは定期的に届けられる戦闘行動を多くの読者のために英雄的豪胆や犠牲的死を短編小説風の物語に仕立て上げる指令を受けていた。ここの軍事文書課でリルケは、自分自身文学活動をしていて、《文学 - 勤務》Dicht-Dienst でさえもリルケにとっては過大な要求であることを程なく認識するアーロイス・ヴェルツェ陸軍中佐と出会う幸運に恵まれた。ヴェルツェはそれ故彼を索引カードの書き込みやその他の事務的な仕事に就けてくれた。友人たちが更に引き続き彼の完全な兵役免除を得ようと骨を折っている一方、リルケは勤務外の時間に少しの正常さを固執することを試みた。彼はもはや兵舎で寝なくてもよくなり、ヒーツィングのホテルに泊まっていた。ジドーニエ・ナートヘルニーの援助で彼は引き続

48　1916年　ヴィーンでの召集の際のリルケ。

何のために、何のために人々はトレードを知ったのでしょうか。何のためにヴォルガ河を、何のために荒野を知ったのでしょうか——今、突然適応できなくなった思い出で満ち溢れた、極めて狭い世界の取り消しの中に立って？　その上ヴィーン時代は、まず私以上に多くの人々が知っていたのですが、ヴィーン時代

きミュンヒェンの住居を維持することが出来た。ルル・アルベール‐ラザールがヴィーンに来た時、彼女とリルケはロダウンのホテル シュテルツァーに部屋を借りた。リルケはしばしばヴィクトーア通りにあったマリー・タクシス家の客になり、ロダウンのホフマンスタールを訪問、カスナー、ヘレーネ・フォン・ノスティッツ、カール・クラウス、フェーリクス・ブラウン、シュテファン・ツヴァイク、オスカル・ココシュカ、ペーター・アルテンベルクやデンマークの女流作家カーリン・ミカエーリスと会っている。彼はオイゲーニエ・シュヴァルツヴァルトとも知合いになった。彼女は学校教育改革派（十九世紀末から二〇世紀初頭にかけてアメリカおよびヨーロッパで起こった進歩的教育改革運動）の学校を経営し、その学校で時にアードルフ・ロース、アルノルト・シェーンベルクそしてココシュカが授業を担当した。そして彼はまた〈性と性格〉の著者、オットー・ヴァイニンガーの弟である工場企業家のリヒャルト・ヴァイニンガーとも親しくなった。

戦場での何百万の死と比べて、自分が半年間の事務室での勤務で何とか無事に難を逃れたことを、彼自身ほどよく知っている者はいなかった。し

はある程度、心の奥底で豊かなものとなった私の幼年時代の最も困難であった人生の層が、もう一度私の上にのしかかることで、私に損害を与え、私を惑わせたのです。……

一般の人々の運命が、より神の意による過酷な宿命のものならば、私はいかなる嘆きも自分に禁ずることでしょう。しかし私がそちらへ振り向くや否や、正に人間がでっち上げたものは、人間らしい誤り、独善、所有欲、最も人間くさい我儘のように私には思えるのです。

クルト・ヴォルフ宛の手紙 一九一七年三月二十八日

かしこの戦争は彼にとってとっくの昔にもはや、彼が〈五つの歌〉で身を委ねたような浄化する原初の力などではなく、権力と利益の利権から生じて継続された《人間がでっち上げたもの》で、改善に資する何もないのである。そして この《人間がでっち上げたもの》から逃れることを、リルケは自分にも――また全ての人にも、そして全ての人は他の人たちに対しても――正当な権利と見做していた。

六

一九一六年六月リルケは除隊した後、一先ずなおヴィーンに残った。そして七月中頃ミュンヒェンのケーファー通りに戻り、翌年の七月までそこが彼の確定した住所となった。一九一七年の後半彼はドイツ国内最後の旅行、ベルリーンそしてヴェストファーレンのヘルタ・ケーニヒの所領ベッケルへの旅行を企てた。その後彼はミュンヒェンに戻って、先ず一九一七年十二月から一九一八年五月までホテル　コンチネンタルに、それからアインミラー通り三十四番地に住んだ。

一九一九年春スイスへ旅立つまで、リルケは己を苦しめる不毛に悩んでいたが、その不毛は段階的にひどい執筆障害へと進展し、手紙の返事さえ書けなくなって

49　家と犬と牛のある風景。フランツ・マルク(1880―1916)の油絵。1914年作。

しまった。

またこの数年のリルケは大きな文学作品に対する能力が失効したばかりでなく、大きな愛に対しても彼から力が欠落してしまった。ルル・アルベール‐ラザールとの関係も一九一六年夏には終わってしまった。彼女の後に、名前以外は殆ど知られていないマッタウホ嬢との、また後にゴル夫人となった女流詩人クレール・シュトゥーダーとの、更には市民としての名前はエルゼ・ホトプといい、〈時祷詩集〉の朗読会の後、個人的に彼女

エリア・マリーア・ネーヴァル　本来の名はエルゼ・ホトプ。女優。彼女の芸名は母の旧姓のアナグラムである。一九一八年と一九一九年ネーヴァルはミュンヒェンの劇場やコメディー劇場と、一九二〇年―一九二二年にはカイザースラウテルンの民衆劇場と出演契約を結んだ。彼女は舞台監督のギュムベルと結婚した。

クレール・ゴル　旧姓クララ・アイシュマン(一八九〇―一九七七)、女流詩人。彼女は一九一七年までスイスの出版者であり作家のハインリヒ・シュトゥーダー(一八八九―一九六一)と結婚生活を送った。一九一九年彼女はフランスの作家イヴァン・ゴル(一八九一―一九五〇)と出会い、二人は一九二一年結婚、その時からパリで生活した。

を知ることのなかったリルケに熱を上げ、熱中した若い女優エリア・マリーア・ネーヴァルとの関係が続いた。手紙や詩による証言は、彼女たちとの関係は情熱的ではあっても、彼女たちが将来を期待して何かを目論んでいたのではなかったことを裏書していた。多分時代の流れはそちらに向いてはいなかったのか、いずれにせよリルケは他の人間にすっかり巻き込まれてしまうことなど、心の準備をすることはなかった。この頃の数年リルケの心の奥底まで震撼させたものは、恋人たちの出入りではなく、多くの友人たちの喪失であった。一九一六年十一月にヴェラーレンが鉄道事故で死去する。リルケが知り合った時、前途有望な若い芸術家たちと認めたノルベルト・フォン・ヘリングラート、パウル・フォン・カイザーリンク、ベルンハルト・フォン・デア・マルヴィッツ、更にゲッツ・フォン・ゼッケンドルフらは戦死した。一九一七年十一月にはロダン死去。リルケの医者でもあったシュタウフェンベルクも一九一八年の初めに亡くなっている。これら男性たちへの悲嘆と並んで、リルケはクララとルートを心配していた。彼自身ジディー・ナートヘルニーやリヒャルト・ヴァイニンガーそしてフィーリップ・シャイ‐ロートシルトの経済的支援を当てにして暮らしているのに、幾らか金にゆとりがあるといつも、妻と娘を援助した。そしてミュンヒェンで革命騒ぎが起こった時、二人が遠く隔たったフィッシャーフーデにずっと残る決心をしたことをやっぱり喜んだ。一九一九年三月ルートはもう一度ミュンヒェンに父親を訪ねた。その後二人の親子が再会することはなかった。

一九一八年と一九一九年の政治的騒乱におけるリルケの立場は難しかった。彼は自分の政治的中立性に対する要求を更に主張した。全ての人のための最大限の精神的自由に対する要求と結びついていて、心底では保守主義の彼の価値観念は、しかし彼を原則として、二つの互いに争う精神的 - 政治的潮流のそれぞれの代表にとって許容できる、いや興味深い話相手にされたり、――勿論時には政治的敵対者の協力の嫌疑をかけられるオポチュニストにもされた。後期ヴィルヘルム時代のドイツの代表者たちとの直接の接触を、リルケは取り分け一九一七年秋のベルリーン滞在中維持した。彼が到着して数日も経たないうちに、ブランデンブルク州長官ヨーアヒム・フォン・ヴィンターフェルト - メンキンが彼を紳士のみの夜会に招待した。その後の数週間、一九一四年以来予備騎兵大尉として戦争に参加したハリー・ケスラー伯爵と長い間会話を交わした。カール・フォン・デア・ハイト邸で詩人は皇帝の侍従武官デートレフ・モルトケ伯爵と朝食を共にし、また銀行家夫人エーディト・アンドレーエの招待

私たちはまた戦争について話した。彼はこの戦争を自然の一部と看做すことを拒んだ。彼は言った、その動物はまるで大理石の塊のなかのロダンの彫刻の頭部みたいに、その中の事物の中に潜んでいるのです。人間はしかしそれらの事物から離れ、距離をかち得るのです。そしてこれによって義務を負うのです。人々はそれ故自分たちの錯誤をすぐには自然のものとして加えられません。

ハリー・ケスラー伯爵の日記　一九一七年十一月十二日の記述から

には、彼女の兄弟で後にヴァイマル共和国の外務大臣となったヴァルター・ラーテナウも出席していた。一九一七年七月中旬以来、外務次官となるリヒャルト・フォン・キュールマンとのコンタクトも続けられた。キュールマンは軍隊に拘束されていたリルケを解放する際にも尽力したし、後に彼はミュンヒェンにリルケを訪問している。そして一九一八年九月リルケはオールシュタットにあるキュールマンの所領で数日間を過ごした。

ドイツの権力を担っている者たちに属している男たちとのリルケの良好な関係が、戦前の上流階級の人たちが彼に及ぼした大きな魅力で説明されるなら、政治的左派や活動的な反戦主義者に対する彼の共感は、彼が一九一七年キーム湖の中のヘレン島で会った偶然の出会いまで遡ることだろう。ゾフィー・リープクネヒトは、丁度この頃彼女の夫は反戦主義の故に懲役刑に服していたが、リルケと同じ頃に数週間この島で過ごしていた。そしてリルケが戦争による己の苦痛を嘆いた時、彼女は彼に、「もし貴方が私たちの時代を拒まなければ、もし貴方がもっと私たちの時代に心を痛めて下さるなら、……もし貴方が……もっと私たちの時代と現実的な関係を持って下さるなら、」この苦痛はもっと容易に耐えられるでしょう、と答えた。その時は、そうゾフィー・リープクネヒトは確信して言う、リル

大きな革命という口実の下で昔ながらの無定見が働き続け、赤旗の下自らを誇っています。それを言うのは、恐ろしいことですが、これら全てが真実ではないことは、嘗て人々を戦争へと勧誘したあの呼びかけの声と変わりありません。どちらも精神によって作られたものではないのです。

アニ・メーヴェス宛　一九一八年十二月十九日

ケは「創造的にこの時代を悩む」かもしれない、その時は「開放される」であろう。しかしゾフィー・リープクネヒトのような人でも、彼女の夫や友人たちに対する誠実さを無条件で賛美するリルケから政治的人間を創り上げることは出来なかった。もっとも彼は一月クルト・アイスナーに、ヴェストファーレンのヘルタ・ケーニヒによって計画された貧民救済活動についての話し合いに加わる気持ちがあるかどうか問い合わせている。アイスナーが十一月の七／八日ミュンヒェンで共和国の成立を宣言した後、アインミラー通りのリルケの住まいに活動的な革命家たちが、例えばエルンスト・トラーや共産主義者（そして東独で後に芸術院の副会長にもなった）アルフレート・クレッラらが客となった。そして国防軍と義勇兵団による共和国打倒の後、リルケは左翼革命主義者と嫌疑をかけられたオスカル・マリーア・グラーフが有利になるようあるミュンヒェンの弁護士に宛てて手紙を書き、裁判に手を貸した。リルケ自身もまたこの時期革命の策謀の嫌疑がかけられ、彼の住居も重装備の警察官たちによって家宅捜査を受けた。しかし革命も、戦争が数年前に彼を幻滅させたのと全く同様に速やかに彼を失望させた。ただ一九一八年十一月最初の日々では、この唯美主義者は集会場の中の「ビールとタバコと民衆から発散される悪臭」に好意を寄せていた。

《一種の未来》を目指して前進するために、リルケは一九一九年の初め遅ればせながら自分の生活の計画を立てようとした。彼は真っ先にルーとの再会を計画する。三月末から六月二日まで彼女は彼をミュンヒェンに訪ねた。それは友人たちとの最後の集まりであった。数日後に彼はドイツを去った。それは一年前からスイスにあるホッティンゲン読書サークルからの朗読会の招待であった。しかしヴィザの正式な手続きはリルケのはっきりしない国籍の故に難しい事態になってしまった。――ドーナウ王国（＝オーストリア‐ハンガリー帝国）の没落によってリルケは暫定的なパスポートしか持っておらず、従って無国籍のチェコ人となった。一九一九年六月になってやっと、お役所的な障害全てが当面解決したのである。大戦後リルケの本の発行部数は更に飛躍的に高まり、旅行の準備は、前年にはまだ様子の窺えた経済的に大きな問題を顕わにすることはなかった。けれどもリルケのドイツからの旅立ちはまず第一にスイスの為の決意ではなく、ドイツに逆らう決意であった。リーザ・ハイゼ宛の手紙の中でリルケは、大戦後の時期を越えて遥か先を示す彼の思いを述べている。「私には疑いも無く……己《わきま》を弁えないことで、世界を押し止めてしまうのがドイツなのです。……ドイツは一九一八年の崩壊の瞬間に深い誠実と改心の行動によって、全ての人々を、世界を恥じ

革命の最初の日々、いや、多分その最初の朝、私は心打たれる思いがしました。そして個人個人ではなくても更に感動的に、全体として、云わばまとまって、一種の未来に向かって進もうともです！しかし激動はありませんでした。そして人は、それに向かって誰もが純粋に駆り立てられたとは思われなかった共通の未来のために、自身の未来を放棄する権利はないのです。人々は今また安定した椅子に据わり、自分自身の

入らせ、震撼させることが出来たはずです。見せ掛けの発展を遂げた繁栄をはっきりと断固として断念することによって。……ドイツは……最も深い心の内なる謙譲を根にしっかりと持った、あの品位を創り出さずに、表面的な、慌ただしい疑い深いそして貪欲な考えでの救出だけを心掛けていたのです。ドイツは、その秘かな性質に従って、耐え忍び、耐え通して、自らの奇跡に対して準備する代わりに、直ちに行動し、立ち直り、どうにかうまく切り抜けようと望んだのでした。ドイツは自らを改革する代わりに、以前のままを固執しようとしました。」（一九二三年二月二日）

生活を選り分けて取り出し、それをつくずくと考え、その計画を練り、陰鬱な背景を前にして自分自身の生活を翳して見ています。

ルー・アンドレーアス・ザロメ宛　一九一九年一月十三日

スイスの歳月

私が育った都市は［意義ある故郷意識を育てる］正しい土壌を提供しませんでした。この街の空気は私が呼吸する空気でも、私が飛翔する空気でもなかったのです。それで、私がさまざまな第二の故郷（＝自分が選び、住み着いて故郷とした土地）を自分のものとして獲得することが必然的に起こったのです。

ロルフ・フォン・ウンゲルン‐シュテルンベルク男爵宛
一九二一年六月二十六日

第一次世界大戦中のスイス　スイスは第一次世界大戦中極めて厳格な中立を求めて努力し、また戦時捕虜及び重傷者たちの救護の中心であった。この国の原材料の不足が原因でスイスはその数年間困難な経済状況に陥った。一九二〇年スイスは、その本部がジュネーヴにあった国際連盟に加入した。国際連盟とも対立してスイスは中立性という国の根本原則を貫いた。

一九一九年六月十一日リルケがミュンヒェンからチューリヒに向かって旅に出た時は、彼の未来は全く予測がつかなかった。ホッティンゲン読書サークルの招待に基づいて与えられた滞在許可は十日間しか通用せず、それに彼にはスイスとの特別な関係も、友人も良き知人もなかった。最初にすべき目標は、それ故ホッティンゲン読書サークルの会長がそれを求めて骨を折った滞在許可の延長であった。八月中頃までの延長が許可された後、リルケはまずは何よりも自由であるという感情、それから媚びられ、甘やかされるという感情を味わった。チューリヒやベルンで泊まったのは、限られた人々のための高級ホテルであった。そして新しい友人の範囲もそれに相応しい人々であった。リルケはニオンでジディー・ナートヘルニーの友人マリー・ドブルチェンスキー伯爵夫人邸に滞在し、二、三日後にはオーストリアの外交官パウル・トゥーン＝ホーエンシュタイン伯爵の仲介で有力な一族のド・ヴァッテンヴュル家の人々と知り合う。それから一九二〇年三月から五月までリル

50　ベルゲルのソリオにあるホテル　パラッツォ　ザーリス。

ケはスイスの外交官で歴史家のカール・J・ブルクハルトの母であるヘレーネ・ブルクハルト゠シャッツマン夫人所有の、プラッテルン近郊の所領シェーネンベルクの客になった。またスイスで新しい人たちと知り合っただけではなく、昔からの知人たちとも再会している。クロティルデ・デルプやアレクサンドル・ザハロフ、彼女たちとは既にパリでコンタクトを持っていたが、チューリヒで夜の舞踏公演を開いていた。同様にチューリヒでマグダ・フォン・ハッティングベルクの師、フェルッチョ・ブゾーニとも、クレール・シュトゥーダーとイヴァン・ゴルとも出会った。画家ジャン・リュルサは彼にマルトについての『良い知らせ』を伝えてきた。またジュネーヴで彼は女流画家バラディーヌ・クロソウスカを訪問した。彼女は美術史家エーリヒ・クロソウスキーと結婚していたが、彼と別れて、二人の息子ピエールとバルテュスと一緒に暮らしていた。七月になって数日間、ジルス゠バゼルジャにいた〈マルテの手記〉のデンマーク語の翻訳者インガ・ユングハンスとその夫の元で過ごした。その後リルケはソリオへ行き、この地のパラッツォ　ザーリスに宿泊した。ここに七月末から九月中頃まで居続けた。ソリオで彼は自分

アルベルティーナ・カサーニに宛ててリルケは手紙を書いている。「均整がとれていて、安定している社会の本性が、ある時期に自ら誠実に産み出すことの出来たものが何であったか」彼はベルンに来て始めて理解した、と。「これら全ての古い家々は個々の人皆の善意を保障するものなのです。そしてこれらの家々が互いに接し、密集して建っているように、その家々は共通の意欲と共通の了解を抱く証明なのです。そしてそれだけの平静な態度と自覚を持って水を分配する市民の噴水は、その水の流れ行く性質さえ、本来の存在の何か厳かな絶えることのない不変性へと算入していくのです。」

一九一九年六月二十七日

の置かれている厄介な状況を考える安らぎを見出した。スイスに引き続き滞在することなどリルケも本当は思い浮かべることすら出来なかった。公的生活の中にも、スイス文学の中にも等しく認める教育的傾向は彼には気に入らなかった。大都会における観光産業は彼の神経にこたえた。そして山々も彼にはよそよそしく、重苦しく感じるばかりであった。二者択一――ドイツへの帰還か、あるいはもっと嫌な、オーストリアへの帰還か　――どちらも彼には努力の甲斐の無いものに思われた。ボヘミアへの移住も、マリー・タクシスや他の友人たちが彼と会いたく思っているイタリアへの移住も、リルケは決心出来なかった。そしてパリは――嘗て彼の悪夢の都会、今は彼の夢の都会は――政治的、経済的理由から常住の居住地としては問題にならなかった。大戦が彼の人生に押し開いた《破損箇所》を癒すのを可能にしてくれるような場所を求めていた。そして彼は《悲歌の場所》を求めていた。それ故彼が、初めはローザンヌで、その後ヴァリスでこの国のフランス的雰囲気についての感受性を発展させた時、彼がスイスと馴染み始めたのは確かに偶然ではない。リルケの以前の生活との関連が作り出された後は、取り分け都会では到る所で出会う良く整えられた市民性と折り合うことが、リルケにとってより容易になった。その上この数年来、市民的生活モデルを好意的に考えるように努め、その安心安全を与える機能を大いに評価することを心得ていた。

リルケは当分生活上の暫定的な状態に、何も決定的な変化をもたらすことが出来ないので、ソリオで眼前の課題に精神を集中した。一晩の朗読の夕べから、その間に六つの都市で七日の予定日を立てる朗読会旅行が出来上がった。ブニャン・シュール・グランでマルト・アンヌベールと再会した後、そしてジュネーヴで一週間過ごした後、リルケは十月二十五日チューリヒに戻ってきた。チューリヒで彼はホッティンゲン読書サークルにおいて二度朗読をした。その先の五日の予定はザンクト・ガレン、ルツェルン、バーゼル、ベルン、ヴィンタートゥーアであった。スイスにおける朗読会旅行はあらゆる点で成功であった。聴衆も批評家たちも熱狂したし、リルケ自身は旅行で彼の晩年の重要な友人となる何人かの人々との知己を得た。チューリヒでの二度目の朗読会の折、リルケは彼より三歳下のマイレンから来たナニー・ヴンダリー - フォルカルトと出会った。皮革工場の所有者と結婚し、成人した息子の母である彼女は、慎み深く母親のような性質と実際的なことに働く頭を兼ね備えた、世故に通じた夫人であった。彼女はリルケのスイス時代を通じて最も誠実な友となった。そしてリルケの死の床に付き添うことが許された、唯一の女性であった。自分の心の深淵を明らかにしようとす

51　ナニー・ヴンダリー‐フォルカルト（1871－1962）。リルケが晩年信頼を寄せていた親友。

る時、彼はルーに宛てて手紙を書く。また詩人の生における喜びと悩みに対する理解を求める時、彼はタクシス侯爵夫人に宛てて手紙を書く。彼が一ダースのハンカチを、食器類を、ベッド用布類を、生活上の日常の事での決定の手助けを、人間的な慰みを必要とする時、ナニー・ヴンダリー‐フォルカルトに相談した。その期待が裏切られたことは決して無かった。彼のスイスでの朗読会旅行の最後の滞在地ヴィンタートゥーアでナニー・ヴンダリー‐フォルカルトの従弟ヴェルナー・ラインハルトとも知り合う。ヴェルナー・ラインハルトは一八五一年に設立されたラインハルト兄弟輸入商会の共同経営者であって、彼の兄弟ハンスとヴィ

スイスでの朗読予定の中に、リルケは翻訳は含めるが、初期の作品は勿論、〈時祷詩集〉や、既に仕上げられていた（ドウイノの）悲歌は除いて、抒情詩の創作の側面を示した。散文のテキストでは彼はソリオで書き上げた論文〈原初の音〉を朗読したり、即興でトルストイやロダンなどとの出会いを語った。ルツェルンでの朗読の夕べについて「ルツェルン最新報道」誌の寄稿協力者は一九一九年十一月十三日号に次のように書いている。「朗読者は、上品で洗練された社交界の紳士にある、落ち着いた顔立ちをし、夢想する詩人の憧れに満ちた深い眼差しを持った高潔な姿で、……たちまち優し

ンタートゥーアのリュヒェンベルクの家に一緒に暮らしていた。ここでリルケはまた他の二人の兄弟ゲオルクとオスカルとも知り合った。ラインハルト家の者たちは皆、美術品収集家で芸術・文学の保護者であった。しばらく時が経過してから四人の兄弟にもリルケにもあった戸惑いが、互いに交際を重ね、次第に消え去った時、ヴェルナー・ラインハルトとリルケの間にある友情が育まれ、後にその友情に導かれて、リルケは《悲歌の場所》に定住することが出来た。それまでのスイスにおけるリルケの生活は、持続的な滞在地を捜し求めるパターンに嵌め込まれていた。

一九一九年十二月から一九二〇年二月末までリルケはロカルノに住んだ。それから三月初めに彼はバーゼル近郊にある、ヘレーネ・ブルクハルト・シャッツマンとその娘で建築家ハンス・フォン・デア・ミュールに嫁したテオドーラの所領シェーネンベルクに引き移ることが出来た。けれどもリルケの滞在許可は最終的には五月で有効期限が切れてしまうと思われた。その上悪いことに、四月になると、一

52 ヴェルナー・ラインハルト。

い魔力へと聴衆を引き込んだ。……いつまでも止まない多くの拍手が詩人を労った。そしてあれこれの聴衆も（同様に筆者も）リルケの詩作法のしばしば幻影のような何かに、新ロマン派的汎神論風な何かに、そしてしばしばまたもあまりに巧みで尖鋭化された何かに対して内面の共感を得ることが出来なかったにせよ、アルベルト・ゼールゲルが後で……賞賛したリルケの長所、つまり、彼が聴衆を魅惑するメロディー、彼の言葉の持つ音楽、彼の観察法の繊細さ、極小の事物にも魂を吹き込む彼の息吹、そして彼の神秘的な熱情、それら全てに感嘆せざるを得なかったのである。」

九一四年八月一日以降移住してきた外国人全てはバイエルンから追放されて、彼もミュンヒェンに帰ることが出来ないという知らせが届いた。「そうなれば私は五月中頃には二つの追放の間に立つことになるでしょう。混乱した状況に立つことに。」リルケはチェコスロヴァキアの旅券を申請し、パスポートを受け取るとすぐ、彼は諸役所に滞在許可を一年間延長する申請をした。それから彼は六月になるとタクシス侯爵夫人の招待に随ってヴェネチアに行く。この都市と、いつもの心のこもった持て成しで彼を迎え入れてくれるパラッツォ・ヴァルマラーナに再会することは、リルケには大いに意味があった。しかし嘗て彼が慣れ親しんだ土地で戦後初の滞在となったこの折、一九一四年まで暮らした生活はもはや不可能になっていることに気づいた。

資金不足によってすぐにミュンヒェンへ帰らなくてはならないと確信して、――このための滞在許可を彼はその間にユーリウス・ツェヒ伯爵の執り成しのお蔭で得ることが出来たが――リルケはヴェネチアからの帰国後二、三週間友人とバーゼル、チューリヒ、ヴィンタートゥーア、そしてジュネーヴで過ごした。ジュネーヴでしばしば俳優のジョルジュ・ピトエフ、リュドミラ・ピトエフ夫妻と会った。しかし彼にとってはるかに重要であったのは、舞踊家バラディーヌ・

クロソウスカとの再会であった。二人は多くの時間を一緒に過ごした。そして日々を共にするうちに、彼らがこれまでお互いに感じていた共感が情熱的な愛の関係となった。三十代半ばの成熟した女性で、気性の激しい、少々大げさな態度を見せがちなバラディーヌは、リルケが長い間許さなかった感情や憧れの気持ちを彼に語りかけた。別れの度毎に、それがほんの数日に過ぎなくても、手紙と花が二人の恋人たちの「橋渡しをした。」「私はいつもいて、準備ができています。どんな所でも、貴方が私とともにいることをお望みなら、お望みの場所に私を見つけるでしょう。」とバラディーヌは囁く。リルケはこの文を書き写し、お守りとして紙入れに入れて、今度は彼の方からペンを執る。「僕もだ、メルリーヌ。僕は顔を手で覆い、心の中が無限に増大し、聖なるものとなり、増殖するのをただ感じる為だけに、瞬間瞬間を過ごしている。」リルケはこの恋人をメルリーヌ、あるいはまたムーキィと名づけ、自分の手紙にルネと署名した。二十年以上も経て初めて彼は自らを再び洗礼名で呼ばせた。これには何ら外面的な必然性は無い。フランス語はバラディーヌの母国語ではなかったし、彼女はブレスラウ出身で、多分《ライナー》に親しんでいたことだろう。しかしリルケの少年時代の名前であるルネの方が新たな恋人たちの気分には恐らくぴったりしていたと思われる。十月初め二人は初めてシエールを訪問した。

眼の前に迫った冬、初めて比較的長い期間同じ所に留まれる可能性が思いがけず生じただけに一層、スイスは今やリルケにとって一年前にはまだ考えられないほど新たな第二の故郷になったように思われた。ジャン・ツィーグラー大佐とその妻リリーが、ベルク・アム・イルヒェルの館で冬を過ごせるように、リルケを招待したのである。一九二〇年十一月一日リルケが借りた、ジュネーヴの旧市内のホテルの部屋には一層移ることにはならなかった。というのも十一月十二日には既にナニー・ヴンダリー-フォルカルトが、彼を自動車でチューリヒからベルク・アム・イルヒェルへ連れて行ったからである。その前にリルケは一週間ほどパリで過ごしていた。――それは大戦前の時代の生活に結び付ける更なる試みであった――そしてその後の二週間をバラディーヌ・クロソウスカとジュネーヴで過ごした。別れは彼女には辛いものとなったが、それに反して、その生涯において一度ならず別れに直面したリルケの気持ちはアンビヴァレントであった。バラディーヌの情熱的な愛はリルケの自己価値の認識を強めたが、ベルク

差し当たり私は、生活が自分の考えているようなやり方では大戦前の断面に当てられないということに気づきました。――すべてが変わってしまいました。そしてあの『楽しみ』のための、無邪気で、何はともあれ、いくらかのんびりと『受用』するためになされる旅行、手短に言えば、旅をする『教養人』の旅行といったものは、全く途絶えてしまったのだと思います。多くの人々のそのような企てが時代遅れで無意味なものになってしまったことについて、自分自身に対して説明が付かぬまま、そのような旅行を続けることは、勿論何の妨げもありませんが、今後このような旅行は空虚なものになってしまうでしょう。私は何も成果にならないような全ての美的な鑑賞は、これから先、不可能になるであろうという意味なのです。――例えば、

の館での期間彼は多くを企てていた。彼は〈悲歌〉の完成という大きな目標が今や手の届く近さに迫ってきたと感じていた。彼の生涯における創作期にはどんな時も取り掛かる必要な準備を成し遂げるべく、熱中して着手した。手紙の遅れを一挙に挽回する。数週間の中に彼は、バラディーヌの十二歳になる息子バルテュスに与えた約束、即ちこの才能豊かな少年が拾って家へ連れて帰ったが、また逃げ去った仔猫ミツウの物語を少年は数枚の絵にしたが、その序文を書く約束も果たした。画集〈ミツウ　バルテュスによる四十枚の絵　序文R・M・リルケ〉は一九二一年夏、ライプツィヒとチューリヒ、エルレンバハのロートアプフェル社から出版された。

恐らくベルクの館での完全な孤絶に制約されて——村の中の口蹄疫のために、リルケは秋の間小さな館の庭園を出ることを許されなかった——そして幻覚の印象を受けたと称しているが、十一月の終わり、彼が〈C・W伯の遺稿から〉と表題を付けた十篇の詩からなる連作詩集を作成したが、——それは成熟したリルケの数少ない芸術的失敗作の一つであった。四ヶ月後リルケは我を忘れて続編を執筆してしまう

教会の中で『絵に驚嘆する』ことは、人々が再び苦難あるいは高揚によって、大らかに一枚の絵画に心を奪われたり、一枚の絵画に驚愕し、祝福されたりすることがないとするならば、結局は不可能になるであろうということです。侯爵夫人、貴女は世界がどんなに、どんなに変わってしまったか、お分かりにならないでしょう。このことを理解するのが肝要です。今から先、今までの慣れてしまった生活をしようと思う人は、常に、過去の最も直接の反復と、単なる繰り返しと、その繰り返しの全く救いのない不毛とに直面することになるでしょう。

マリー・フォン・トゥルン・ウント・タクシス侯爵夫人宛
一九二〇年七月二十三日

が、これらの詩の中で印刷の許可を与えたのは、ただ一篇《カルナクのことであった。私たちは馬を駆って行った》だけであった。これは一九二三年のインゼル年鑑に匿名で出された。その他の大部分の詩の上には沈黙のマントで覆い隠すのが最も良かったのであろう。

それにしてもリルケの体調はこの年の年末、一九一五年秋と似た好調を感じた。だが今度もまた大きな成功を得ることが出来なかった。当時彼を創造の時期から引き離したのは、召集であった。此の度リルケがもう一度、これを最後に耐え抜かなければならないのは、人生と仕事の間の葛藤であった。一九二〇年の年末、興奮し高ぶったバラディーヌの手紙がジュネーヴから届いた。彼女は、彼の近くにいるのも許されぬことに悩んでいたし、ひどく病んでいた。そして彼女の息子たちのことで心を痛めていて、殆ど隠さずに自殺をもってリルケを脅かした。一月六日彼はベルクを出て、ジュネーヴに赴き、二月一日まで恋人と一緒に過ごして、

53　舞踊家バラディーヌ・クロソウスカ（メルリーヌ）オイゲン・シュピロ（1874―1972）による絵画。

それからベルクに戻ってきた。二月一日から四月九日までの期間に三十六通のバラディーヌ宛のリルケの手紙、三十八通のリルケ宛のバラディーヌの手紙が公表されている。数通の手紙は十ページ以上もあった。恐らく一月初めか二月リルケはバラディーヌに〈ドゥイノの悲歌〉について比較的詳細なことを語り、この悲歌が彼の人生にとって如何に重要であるか彼女に理解させて、この仕事には何よりも孤独が必要である、との説明を試みた。バラディーヌは今や全てを理解したと思った。けれども二、三日経つと、もう彼女の憧れはまたも彼女の分別よりも大きくなった。彼は自分の仕事に対して更に関与させることを、恋人に約束した。二人の間の緊張は我慢の限界にまで高まっていった。距離を維持しようとする極度の意志による努力は、更に接近したいと思う望みを引き離した。そしてこの二人の魂の状態は決して互いに一致することはなくなった。

この気力を消耗させる対決の後では仕

© ADAGP, Paris & SPDA, Tokyo, 2007

54　バルテュス、〈ミツウ〉挿絵8．アルセーヌ・ドヴィチョ・バルテュス・クロソウスキー、1908年生まれ、芸術家としての名前、バルテュスはフランスの最も定評のある芸術家の一人である。彼の風景画と大人になりつつある、若い少女たちのいる室内場面で、取り分けシュールレアリストたちと論争となった。

事の継続など考えられなかった。四月の終わりリルケはベルクの館での最後の一週間に〈遺言〉というタイトルの、比較的長い、ひどく自伝風な散文の手記を書いた。それは告白であり、日記風省察であり、最後の数週間の出来事に手を入れようと試みたバラディーヌに宛てた手紙の下書きであった。手紙の下書きの最後のものには、次のように書かれている。「私は不当なことをしてしまった、裏切りを。破壊と妨害の六年の後に、私にB［ベルク］が提供された事情を、先延ばしできない内面の課題のために活用できなかった。それは運命の手によってもぎ取られてしまった。」終わりにリルケは「私を愛して下さる人々に寛大な心を、いや、人々が私を労って下さるように！　人々が自分たちの幸福のために私を使い尽くすのではなく、私の中のあの最も奥底の孤独な幸福を展開出来るように、私に手を差し伸べて下さること」を頼んでいる。「その幸福の大きさを証明しなければ、結局人々は私を愛することはないでしょう。」人生と仕事の間の葛藤に対し、リルケはこの最後の時も仕事のためを考えて決断を下した。

この宿命的な冬の後、リルケとバラディーヌは互いに対してそれぞれ罪悪感を抱きながら暮らしていた。バラディーヌはリルケを大きな仕事から引き離してしまったと思ったが故に、リルケは愛を表現するという大きな課題で失敗してしまったと思ったが故に。彼女は夏リルケにミュゾットの塔へ引き移るよう勧め、ナニー・ヴンダリー＝フォルカルトと一緒に彼を手助けしてこの古い廃墟を住めるようにしたことで、彼女の罪の幾ばくかを償おうとした。その後、彼女はベルリーンに戻って、半年以上もこの友と会うことがなかった。リルケとバラディーヌは別々な道を歩む、たとえそれぞれが他方の者の人生や仕事に関心を持っていようとも。彼らはその後も互いに会っている、愛し合う者同士としても。そして暫くの間彼らは、二人が嘗て包み隠すことなく互いに身も心も任せ合った人間の間にだけ可能な、独立した主体性と落ち着いた平静、そしてお互いの交際の中にも優しいイロニーをも育んでいった。しかし二人は今は愛について充分に心得ているので、彼らの間にあったあの親密な身近さをもう一度作り出そうという試みはしなかった。

二

一九二一年五月のベルクからの辛い別れの後、リルケは短い中断は何回かあったが、元のアウグスティノ会修道院の建物を改築したペンションのエトワのプリュレに泊まっていた。最後の数ヶ月の緊張が彼から解けてしまったというにはまだ全く程遠かった。そしてこれから先の心配も減少することはなかった。リルケはスイスの友人たちの歓待振りを尊重する術も心得ていたが、スイスであれ、他の国であれ、彼が継続して自分独りで居られる場所を見出せる時しか、悲歌を完成出来ないことも分かっていた。財政状態が彼に計画を立てる可能性を開いた。何故なら依然として不利な為替相場にも拘らず、キッペンベルクが彼のために二千フランを振替で送金してくれたから。リルケはベルリーンにいるバラディーヌに自分の元に来るように頼む。彼女は六月中頃到着した。そして一緒にリルケに適した住居を探しに行った。二人が六月三十日の夕方シエールを散歩した時、彼らはショーウインドーの中に《塔か、館の》、十三世紀のある建物の写真を見た。女性の所有者はこの館を《ミュゾットの城》Chateau de Muzot と呼んでいた。——発音は「ミュゾット」——そして家賃として月額二百五十フランを要求した。リルケとバラディーヌに呼ばれた不動産仲介業者はこの額を聞いて、仰天して、その半額でも高すぎると言った。リルケは決心が付きかねていたが、バラディーヌはこの塔を借りるように迫った。二、三日躊躇し

このヴァレーは何と美しいことでしょう。シオンとシエールの印象は突如、今はこんなにも多彩になった私のスイスの思い出を一挙に何倍にもして全てを揃えておりました。……ヴォークリューズ、アヴィニヨン、イル・ド・バルトラッスそしてこの地がこの不気味な合流点です。これら全ては何か繋がり合って、この（ローヌの）河の精神を通じて皆同族なのです。——何と河は今初めてヴァレーの心の大きな谷の中で広がり、どの曲り角にあっても河が河自身でありうる空間を得ていることでしょう。

ハンス・フォン・デア・ミュール宛　一九二〇年十月十二日

た後リルケは承諾する。ナニー・ヴンダリー＝フォルカルトは従兄弟のヴェルナー・ラインハルトに連絡した。ラインハルトは既に家賃を――結局百七十五フランでまとまったが――リルケがどれ程長く住むか、関係なく、引き受けると明言していた。後にヴェルナー・ラインハルトはミュゾットを購入し、リルケは生涯に亘って居住権を認められることになる。

リルケが以前の年月慣れ親しんだ快適な居城と辺鄙なミュゾットの塔との対照はあまり重要なものとはならなかったようだ。電灯は無かったし、水も庭の中のつるべ井戸から汲んで来なければならなかった。「とても物悲しい素朴な小部屋」を住むことの出来る部屋にする前に、まだ多くのことをしなければならなかった。バラディーヌは十一月に入っても続く改装の仕事を調整した。改装では、天井は支柱で支えられ、壁は白く塗られ、鼠の穴は壁で塞がれた。彼女はベルリーンへ帰る旅に出る前に、リルケのため

55　ミュゾットの庭園の中のリルケ。居住した塔を背景に。1923年の復活祭の頃。

に家政婦を選び出した。リルケの家政婦に対する必要条件を——信頼性、寡黙、彼の菜食主義の食習慣への理解を、——リルケが後に手紙の中で彼女を好んで《小妖精》と呼んだほど優れた仕方で、フリーダ・バウムガルトナーが満たした。十一月中頃から彼はミュゾットで次第次第に外部の世界から自らを隔絶させていった。——彼の娘の司法試補カール・ジーバーとの婚約でさえ、彼はむしろついでの機会に気づいたほどであった。そして一年前のベルクと同じ儀式を始めた。つまり彼は手紙の返事を書くのである。

この年のクリスマス前の時期リルケには読書の時間は多く残っていなかった。それにも拘らず彼は独り新たな詩人を発見した。ポール・ヴァレリーである。リルケはその最初の詩〈海辺の墓地〉を翻訳し、その後なお数編を、そして〈悲歌〉と〈ソネット〉の完成後、彼はヴァレリーの詩集〈魅惑〉と比較的長い対話体の二篇を翻訳した。ヴァレリーの抒情詩のみならず、彼の伝記もまたリルケを深く感動させた。ヴァレリーは多年にわたって文学に背を向けて数学に没頭していたが、殆ど五十歳になろうとした時、再び詩を書き始めた。ヴァレリーという手本はリルケに大作を成し遂げる希望を付与してくれた。けれども更に強い衝撃をリルケはこの年の終わりにゲルトルート・アウカマ・クノープと交わした手紙に

ギリシャ神話の中でオルペウス（オルフォイス）は有名な歌人にして竪琴弾きの名手、ムーサのカリオペーと、その術によって野獣や石や樹木でさえも魅了させることの出来たアポローンとの息子。オルペウスは彼の死んだ妻エウリュディケーを黄泉の国から連れ戻した。しかし禁止されていたにも拘らず、彼は日の光に到達する前に妻の方を振り向いたので、彼女は再び戻って行かなければならなかった。

よって受けたのであった。リルケはミュンヒェンにいた頃からクノープの家族とは知り合いであった。そしてクノープの年下の娘、踊り子のヴェーラに魅力を感じていた。この娘は一九一九年十二月十九歳で白血病に罹り亡くなってしまった。その当時既にスイスにいたリルケはこの若い女性の死についての知らせを受けてはいたが、詳細な事情は分からなかった。その事情を母親に問い合わせた。《夭折した者たち》はリルケの個人的神話の中では、死の秘密を知らされた者として重要な役割を演じている。リルケはヴェーラの運命を彼の神話のカテゴリーの中で解釈した。それと同時にオルフォイス的状況が与えられた。オルフォイス／リルケはヴェーラの中に彼のオイリュディケを見出したのである。

クリスマスをリルケは独りミュゾットに残って過ごした。そして新年は先ず、旧年の終わりと同じように始まった。即ち手紙を書き、世間から離れて閉じこもったのである。しかし二月になると、リルケにとって十年の間待ち、不安に思い、疑っていたことが終わった。二月七日と十一日の間に（〈ドゥイノの悲歌〉の）第七と第八及び第九の主要部分を書き、第六を完成し、第十の悲歌を新たに加えた。二月十四日第五の悲歌を書いて、これを〈対歌〉に換え（〈第五の悲歌〉として）この連作に挿入した。二月二十六日に第七の悲歌の結末の新しい稿が成立した。これをもって〈ドゥイノの悲歌〉は僅かな日時の中にその究極の姿を得た。リルケが殆ど絶望視していたこの作品は完成したのである。

《悲歌の嵐》の前後にリルケは五十五篇の〈オルフォイスへのソネット〉を書いて、その詩篇に《ヴェーラ・アウカマ・クノープのための墓碑として書かれた》との献呈の辞を添えた。一九二二年最初の悲歌群と同時期に出来た〈マリーアの生涯〉の詩と同じように、リルケは常に〈オルフォイスへのソネット〉も、彼の代表作への途上偶然生じた、あまり重要でない副産物としてしか見做していなかった。彼は当初〈ソネット〉をそもそも公にする特別な価値さえ置いていなかった。そして順序を変更したり、良くないと思われた詩を選んで除けること全てをカタリーナ・キッペンベルクにゆだねた。カタリーナ・キッペンベルク、マリー・タクシス、そのほか男女の友人たちがこの〈ソネット〉を肯定的に受け入れて初めて、リルケもまたこの作品に対する肯定的な態度をとることが出来た。この作品の中には生涯没頭させたテーマや素材が〈悲歌〉に劣らず確信をもって考え尽くされたのであったが、ただ、より緊張の解けた、より主体的なものであった。根源的なものそして自然なものの祭典、現代における疎外された

親愛なるリルケ様、貴方御自身の手から、そして素晴しいお言葉の添えられた〈オルフォイスへのソネット〉を戴いて、私は本当に心楽しく思っています。……私にとって驚くべきことと思われますのは、この詩に接して貴方が殆ど言葉で言い得ぬものの領域に新しい限界の地帯を獲得したことでした。緻密な思想が丁度支那人の驚嘆すべき筆のタッチでなされるように、美と確実が据えられていて、私はその美と確実に幾重にも魅了されました。つまり、英知とリズミカルな文様が一つになっているのです。

フーゴー・フォン・ホフマンスタールの手紙　一九二三年五月二十五日

生に対する批判、芸術家のテーマの取り組み、儚さと死、愛についての苦悩、これら全ては〈オルフォイスへのソネット〉の中で《嘆き》は《賛美の空間》の中だけを彷徨うことが許される、要請の徴候として語られている。

歓呼は知っている、そして憧れは告白する——
ただ嘆きだけがまだ学んでいる。少女の手でもって
彼女は幾夜も昔の悪しきことを数え続ける。

しかし　突然、斜めにそして覚束なげに、
彼女は私たちの声の星座を掲げる
彼女の息が曇らせることのない天空の中へ。
〈賛美の広がりの中だけを嘆きは行くことが許される〉
〈オルフォイスへのソネット〉Ｉ - 8から

繰り返しリルケは〈ソネット〉の中で、衰退した世界を愛し、独自の生を虚しいものとして引き受けることを支持した。リルケのこの要請が世俗を離れた詩人の

思考の戯れでなくて、むしろ極度に論争的な性質の思考の戯れであることは、〈悲歌〉や〈ソネット〉と同じ時期に書かれた〈若き労働者の手紙〉が立証している。この〈手紙〉の中でリルケが厳しく批判しているのは、既に〈キリスト幻影〉や〈マルテ　ラウリッツ　ブリッゲの手記〉の中にあったように、信仰心の篤い人々の神へ集中する関係を仲介するより、むしろ妨げになる人物としてのキリストであった。神の知らせを受け入れることはリルケにとって此岸の方を向くことである。「この地上のものを、心からの愛をこめて驚嘆しながら、私たちの差し当たり唯一のものとして、正しく手にとること、それは同時に、普通の言い方では、神の偉大な使用法なのです。」

三

〈悲歌〉の完成後リルケは自分の詩人としての使命を本質的には果たしたと確信して生きていった。過去の陰鬱な根底の雰囲気に替わって、リルケには今や全く知ることのなかった幸福感と解き放たれた明朗さが現れてきた。この明朗さは、以前彼にとって重荷であった唯一のものが、今は喜びの源泉となることにまで到

遥かな遠方の静かな友よ　感じるがいい
お前の呼吸がなおも空間を増大するのを
暗闇の鐘楼の木組みの中で
お前は打ち鳴らされるがいい　お前を食い尽くすものが
お前という糧によって強固なものとなる。
変身のなかで出たり、入ったりするがいい。
お前の最も辛い体験は何か？
飲むことが苦ければ、葡萄酒になるがいい。

達している。これには何よりも、彼が夏の二、三ヶ月の間にミュゾットで迎えた数多くの訪問客も数えられる。バラディーヌ・クロソウスカは一九二二年と一九二三年いずれも数ヶ月ミュゾットで過ごしたし、時には息子のバルテュスと一緒の時もあった。解剖学の教授シュトラッサーは娘のフェリーチアと一緒に一九二二年の春ベルンから一日リルケの処にやって来たり、建築家グイド・ザーリスは三日間客となり、その折必要な改築の提案をしている。後にはタクシス侯爵夫人も来られた。その後キッペンベルク夫妻、ヴェルナー・ラインハルトと親しい女流芸術家アリス・ベイリーやスイス連邦副首相のアントワーヌ・コンタもミュゾットを訪れている。翌年にはレギーナ・ウルマンと彼女の友人エレン・デルプ、そしてヴェルナー・ラインハルトがオーストラリアの女流ヴァイオリン演奏家アルマ・ムーディーを伴って相次いで訪問する。マリー・ドブルチェンスキー、再びタクシス侯爵夫人そしてルードルフ・カスナーが訪れた。リルケを以前から知っていた全ての人たちに彼の雰囲気の変化は奇異の感を与えた。ミュゾットを訪問した際、以前であったらリルケの人柄について後まで残る印象に特に数え上げるほどではなかったある現象、つまり彼の独特な笑いを描写したのは、彼の旧友たちの中でルードルフ・カスナーただ一人ではなかった。

過剰からなるこの夜に
お前の五感の十字路に立つ魔力であれ、
その奇妙な出会いの意味となるがいい。

そして地上のものがお前を忘れたら
静かな大地に向かって言うがいい　私は流れる、と。
迅速な流れに向かっては語るがいい　私は在る、と。
〈オルフォイスへのソネット〉Ⅱ・二十九

リルケは成程ライフワークを〈悲歌〉をもって完成したと思ったが、それは自分が詩人として沈黙することを意味しなかった。彼は最晩年の創造力を勿論別な軌道へ向けたのであった。〈オルフォイスへのソネット〉と〈ドゥイノの悲歌〉が一九二三年の三月乃至六月に出版された時には、リルケは既に集中してフランス語からの翻訳に従事していた。その中には第一にポール・ヴァレリーの詩があった。一九二五年インゼル書店から〈ポール・ヴァレリー・詩〉の一巻が出版された。この詩集にはリルケの翻訳によるヴァレリーの詩集〈魅惑〉の大部分が含まれていた。これと並んでリルケは一九二六年フランス語による詩を数多く書いた。その中からの詩篇は一九二六年〈果樹園〉のタイトルでパリで出版された。この本は、〈ヴァレーの四行詩〉の表題を付された詩集によって増補された。――その四行詩はヴァリス地方の抒情詩によるスナップショットで、知覚の明晰さにおいても、的確な言葉の運用法においても、明るい落ち着いた調子の点でも、〈オルフォイスへのソネット〉と同族同根であった。フランス語の詩の更なる二冊の版を――〈薔薇〉と〈窓〉という小さな連作だが――リルケは彼の生前最後の年まで準備をしていた。けれどもその出版をリルケはもはや知ることはなかった。リルケは彼のフランス語の詩をもって

ヴァルター・ラーテナウ（一八六七―一九二二）政治家、工場経営者。AEG（公共電気会社）の幹部として彼は第一次大戦の勃発に際してプロイセン陸軍省の戦時原材料部を設立した。一九一九年ヴェルサイユ講和会議の準備に参加、一九二二年二月一日帝国外務大臣となった。ジェノバの会議にドイツの代表としてラッパロ条約を締結した。名目上の『ヴェルサイユ条約履行政策』の故に、彼は特に国粋主義的な、そしてユダヤ人排斥のグループから攻撃された。こうした集団の中に暗殺計画も生じ、一九二二年六月二十四日彼に対して実行された。

この新たな犯罪、この救いようのないヴァルター・ラーテナウの殺害によって、ベルリーンは私には前にも増して恐ろしくそして嫌な処になりました。この殺人によって目先の見えぬ頑迷なドイツを残りの世界とともに指導と緊張の中に維持していた最後の思慮分別のある人が亡き者にされてしまったのです。私の恐怖は一面苦痛に満ちた茫然自失でもあったのです。何故なら彼の構想が如何に重要であるか、彼がそれを用いて人々を組織した経験が如何に大きいかを知るのに、私はあの酷く犠牲にされた人を充分よく知っていたからです。私は彼の妹に手紙を書きました、救い手は、と呼びかけましたが、遅すぎました、それは彼固有の職務ではありませんでした。適切な時に好意を持っている人たちや同じ意見の人たちと一致して、まさに避けられ得る災いの《防御者》であることを、自分ははるかに相応しいものと感じていたことでしょう！　――このめかしこんだ、こけおどしの皇帝の案山子は、ドイツにとって救いとなる全ての者と同様に、あの人の邪魔をしました、案山子とその［猥らな］駄法螺が気に入った何百万の人たちは。

ナニー・ヴンダリー・フォルカルト宛　一九二二年六月二十八日

少なくとも言葉に関しては第二の故郷フランスへ帰ったのである。滅亡したオーストリア‐ハンガリー二重帝国に生まれ、今はドイツ語を母国語とするチェコの国民としてスイスで生活するリルケにとって、遅くとも一九二二年六月のヴァルター・ラーテナウ殺害以来、ドイツは論ずる価値のない国になってしまった。

フランス語の詩はリルケの最晩年、彼をフランスへ向ける結晶体の小さな面を形成するに過ぎなかった。

リルケが生前彼の詩以上に注目を引いたのは、同時代のフランス文学をドイツ語圏に紹介する試みであった。リルケの最後の数年、彼に読書の推薦を頼んだ友人や文通相手の誰に対しても、フランスの作家たちを切に薦めた。ヴァレリーは勿論のこと、そしてプルースト、アンドレ・モーロワ、アンドレ・ジッド、ジャック・サンドラル、アンリ・ド・モンテルラン、フランソワ・モーリヤック、ロベール・ド・トラ、ポール・クローデル、ジャン・モレアス、エドモン・ジャルー、ジャン・コクトー他。リルケの友人たちは大抵強い影響力を持ち、彼らの側での知人の交際範囲は広大であったので、彼らはかなり注目すべき倍率を保持しており、その結果リルケの推薦は確かに影響がないままである筈はなかった。彼から高く評価されたフランスの作家たちの何人かは、リルケも個人的に知っていた。しかし彼は芸術家が彼らの社会的な環境における緊張を免れ得ないことを一度ならず体験せざるを得なかった。プルーストの死の直後、アンドレ・ジッドがリルケを「新フランス評論」の記念号への寄稿のために仲間へ加えるよう促した時、プルーストの家族は、如何なるドイツの詩人もプルーストの墓に近づけてはならないとの理由をもって、不当な要求として拒絶した。他方ドイツ思想界の幾つかの分野でも、数年後リルケのパリ滞

ひたすら再建を目指して意を用いている私たち、苦闘しているドイツ人たちにとって……その様な事を読むのは、気楽なことではない。私たちはフランスに最も過酷に苦しめられている。それなのに『今日のドイツの最大の抒情詩人』はパリでうろつきまわっているのだ。「テュルマー」という名の「心情と精神のための月刊誌」の中のフリードリヒ・リーンハルトの論説。一九二五年夏の雑誌「文学時報」のリルケのパリ滞在についての記事に対して。

在に腹立たしさを表明した。

リルケは完全にドイツ文学を見捨ててしまったとの、これも同様の敵意によって育まれた印象は、事実と一致していなかった。なるほど〈悲歌〉や〈ソネット〉の後、もはや完全な詩集は出来なかったが、リルケはその後も更にドイツ語で詩を書いている。数の上では献呈詩や友人のための機会詩が優位を占めていた。これと並んで一九二四年春〈抒情詩による手紙〉の第一信をリルケに宛てて書いた、十八歳のヴィーンの女流詩人エリカ・ミッテラーに宛てた書簡体詩のような、更に野心的な抒情詩のテキストを書いた。リルケは彼の側からも書簡体詩でもって答えた。そこから成立した詩による文通は一九二六年八月までに約五十篇の詩と十三のリルケの答えがある。本来の意味での手紙はこの両者の間では交わされなかった。個人的な出会いも一九二五年十一月ミュゾットでただ一回あっただけであった。晩年の若干の詩においてリルケは、ついにもう一度詩の未知の領域に足を踏み入れさえした。具象性の断念や言語の圧縮を論理的に結び付ける統語論の断念は——第二次世界大戦後のドイツの抒情詩に典型的であり、例えばパウル・ツェラーンやインゲボルク・バッハマンにとって典型的である——〈アイドル〉や〈銅鑼〉のような詩がその特徴をよく表している。

もはや耳のためのも
のではなく……響き
それは、さらに深い
耳のように、
聞いているかに見え
る私たちを聞いてい
る。
空間の裏返し。外部
での
内部世界の草案……
その誕生前の寺院、
溶けにくい神々で飽
和している
溶液……、ごーん!
[……]

〈銅鑼〉から第一節
一九二五年十一月
ミュゾットにて

四

一九二一年冬から一九二二年にかけて膨大な仕事を果たし、その後の疲労困憊に肉体の弱さとある種の虚弱が加わったことを、最初のうちリルケは何か異常なものとは感じなかった。似たようなことを彼は〈時祷詩集〉や〈新詩集〉、それに〈マルテ　ラウリッツ　ブリッゲの手記〉の完成後、既に体験していた。今度も勿論苦痛は止むことはなかった。胃腸の問題、既に殆ど慢性となった疲労――リルケは日に十時間から十一時間睡眠をとったが――流行性感冒や説明のつかぬ苦痛の状態が持続して襲ってくる症状は、彼の気力を奪ってしまった。一九二三年夏ついにチューリヒの医者の診察を受けた時、医者は彼にフィーアヴァルトシュテッテ湖畔ベッケンリート近郊のシェーネック療養所へ療養に行くよう切に勧めた。リルケが八月二十二日その地に着いた時、彼の体重はどうにか四十九キロあった。四週間に及ぶ入浴、冷水浴、電気療法も状態の目立った回復は認められ

56　ヴァル - モン診療所。リルケはその4階の49号室に泊まっていた。

ないので、リルケはミュゾットへ戻り、十一月に入るまでバラディーヌ・クロソウスカと一緒に過ごした。その地でクリスマスまで、何よりも十一月最初の子供を生んだルートに関する心配が彼の心を煩わした。ドイツでは十一月新たな通貨としてレンテンマルク（一九二三年インフレ克服のためレンテン銀行から発行された銀行券）が導入されたので、妻と娘、孫の経済的な生活防御が不確かなものになってしまった。経済的な事柄ではいつも通り、リルケはキッペンベルクに出来るだけのことをしてくれるように頼んだ。リルケ自身クリスマス直前またも衰弱してしまったので、自分の家族のためのクリスマスプレゼントの心配さえ出来なかった。そこでナニー・ヴンダリー - フォルカルトに頼んで家族のために食べ物の小包をまとめて貰った。クリスマス後リルケは虚脱状態に陥った。彼はゲオルク・ラインハルトに電報で救助を求め、ラインハルトは彼にジュネーヴ湖の対岸のテリテ上部のヴァル - モン療養所を勧めた。彼はそこに一月二十日まで留まり、テーオドール・ヘムメルリ - シンドラー博士の診察を受けた。ヘムメルリはリルケの苦痛を止めたが、その原因を診断することは出来ず、もっぱら精神身体医学上の性質に帰した。彼はリルケに隠者の生活スタイルを放棄し、パリに行く計画を最終的に実現するよう勧めた。けれどもそれに賛成する気持ちはさほど強まらなかった。その上彼の経済状態は、殊にヴァル・モンの費用のかかる滞在が原因で、希望の色の影さえ見せなかった。その上彼は最終的に再び「仕事に従事する」ことを願っていたが、それが秋と冬には——つまりいつも最も生産的な季節であるのに——肉体的な障害によって妨げられてしまった。実際二月中頃から六月に入ってまで、フランス語の詩と並んで二十篇以上のドイツ語の詩が出来上がっている。引きも切らず訪れる客は、加えてリルケが健康状態に絶えず心を煩わせている心理状態から、気をそらした。四月の初め、長いこと待ち望んでいたポール・ヴァレリーとの出会いが行われた。ヴァレリーがミュゾットにリルケを訪ねてきたのである。その後ヴェルナー・ラインハルトとアルマ・ムーディーが再び来訪し、すぐ後ハンス・ラインハルトが作曲家エルンスト・クルシェネクとその妻と一緒に訪ねてきた。キッペンベルク夫妻も数日間訪れて来たし、終にはクララも彼女の弟ヘルムート・ヴェストホフを伴って来訪した。

リルケがこの年ミュゾットで挨拶を交わした客たちに、友人たちがリルケに予め来訪を通知しておいた二十二歳の大学生ジャン・ルードルフ・フォン・ザーリスも数えられる。リルケが何日間も自分には未知の、若い

私たちは簡単な夕食の後、上の階にある仕事部屋に入った。そこで私は……この館の主人が石油ランプに灯を点すのをじっと見ていた。……一方二本の蝋燭がその光を立ち机の上の紙に投げかけていた。彼はポール・ヴァレリーの詩の幾篇かを、先ずフランス語の原典で、それから彼の翻訳で朗読した……強い抑揚をつけて……朗読したリルケについて今になるまで忘れがたい想い出は、卓越した芸術性の印象である。そこには一人の詩人が朗読していただけでなく、一人の男も立っていた……一人の厳しさを備えた男が。

ジャン・ルードルフ・フォン・ザーリス

人間を気に掛け、面倒をみるのは、一見したところ思いもよらぬことと驚くかもしれない。しかしザーリスは後年リルケが活発な興味を示した若き世代の唯一人の代表者ではなかった。黙々と彼は例えば友人たちとの伝手を使ってバラディーヌ・クロソウスカの息子たちに助力し、フランスでの専門教育を受けさせもした。そしてリヒャルト・ヴァイニンガーに向かって彼はこの息子たちの才能を、ヴァイニンガーが息子たちの教育費を一部引き受けることに同意するまで、鮮烈な色彩で描いて見せた。仕舞にリルケは若い労働者アンリ・ガスポと知り合い、ヴェルナー・ラインハルトとシッピのアルミニウム工場の所長アンリ・デトゥラに勧めて、ガスポにエンジニア養成を可能にした。

幾多の訪問客の後リルケは保養のためにバート・ラガッツへ行き、そこで特にタクシス侯爵夫人と会った。それからマイレンを経由してミュゾットへ戻った。健康状態は良くなったかもしれないとの期待は、けれどもじきに偽りであることが分かった。秋には再びヘムメルリ博士に診察を受け、十一月末から一月初めまで改めてヴァル-モンへ行かねばならなかった。滞在はまたもはっきりした改善をもたらすことはなかったが、今回は前回に比べると意気消沈することは少なかった。というのは、ナニー・ヴンダリー-フォルカルトが同じ頃同様に患者として

57　パリにおけるリルケ、1926年。2、3週間の予定が結局殆ど8ヶ月にまで延長された滞在をリルケはヴァリスの隠棲生活との対照プログラムとして計画した。リルケは人と会い、関係を続けることを願った。しかし数日後には既にアントーン・キッペンベルクに手紙を書いた。自分は今『魔法使いの弟子』の役になっているのが分かった。そしていつか2、3時間自分のために持ちたいと。

ヴァル-モンに滞在していたからである。リルケは彼女と一緒に病院でクリスマスを祝った。一月の初めリルケは決心して医者の勧めに従い、もう一度ミュゾットへ戻ることなく、パリへ旅行した。殆ど毎日この地でバラディーヌ・クロソウスカと会っているが、彼女の住居はリルケがパリ滞在中泊まっていたホテル［フォワイヨ］の近くにあったのである。リルケは彼女と一緒でも、あるいは一人でも数知れぬ予定の期日をしっかり守った。昔の友人たちと再会する。――マリアンネ・ミットフォード、マルト・アンヌベール、カール・J・ブルクハルト、タンクマル・フォン・ミュンヒハウゼン、クレール・ゴル、ハリー・ケスラー、舞踏家夫妻アレクサンドル・サハロフ、クロティルデ・サハロフ、その他――また一連の新たな関係をも結んだ。例えば、正に集中的な友情が迅速に彼と結びつけた評論家シャルル・デュ・ボス、小説家エドモン・ジャルー、フーゴー・フォン・ホフマンスタールの娘クリスティーネ、丁度〈マルテ〉の翻訳に従事しているところであった作家で翻訳家のモーリス・ベッツ、これらの人たちとの新たな関係を結んだ。リルケはベッツとこの数ヶ月毎日のように会って翻訳に携わった。八月になって次第に友人たちは海浜へ行ったが、リルケは誰とも別れを告げることなく、彼の生涯においてかくも重要な役割を演じたこの都市を去った。バラディーヌは彼に同伴してスイスに戻り、九月中頃パリへ帰った。

リルケはミュゾットへ帰る前に、改めて二週間バート・ラガツへ湯治に行った。そこから手紙で彼の予定された、新しい家政婦イーダ・ヴァルテルトに、家、庭園、それに彼自身が如何に取り扱われるべきか、を指示した。全てのものに「大いなる孤独」を、何故なら「私は、文学の仕事に携わっていて、邪魔されることを望まないからです。」それにも拘らず「好ましい人物を受け付ける件は進めることが出来るし、「それは報われもし、喜ばしくもある。」イーダ・ヴァルテルトは恐れることなく、リルケの最後の家政婦となった。

十月の初めリルケの健康状態が急激に悪化した。初めて特異な徴候が現れる。特に唇の内側に小結節が出来て、話す際の妨げになる上、癌になったかもしれないとの不安を引き起こした。リルケは「多かれ少なかれ私を接収してゆく病気の場合のために」遺書を書いた。遺言は特に以下の指定の内容を含んでいた。即ち、リルケはいかなる司祭も病床に来て欲しくない。もし自分がスイスで死ぬことになったら、ラロンの墓地に埋葬されることを望む。墓石にはリルケ家の古い紋章と、その下に次の墓碑銘を刻み込んで欲しい、と。

58 アンティのジュリアン・モノ邸でのリルケ。

薔薇よ、　おお純粋なる矛盾、
かくも多くの瞼の下で　誰の眠りでもない
という歓びよ

家具やミュゾットにある品物をリルケは個人の所有物とは見做さず、ナニー・ヴンダリー＝フォルカルトとヴェルナー・ラインハルトが自由に処理して欲しい、ただ家族の写真だけはルートのものとなることが定められていた。リルケは彼の書簡を自由に出版することをインゼル書店に任せたので、――膨大な結果をもたらす自由処置となった。今日まで六千通以上の書簡が刊行されている。全体でいかに多くの手紙を書いたかは正確には言えないが、内輪に見積もっても、少なくとも一万通に上るであろう。リルケは遺言をナニー・ヴンダリー＝フォルカルトに宛てて発送した。

五十歳の誕生日を数日前にして既にリルケは再びヴァル＝モンへ行こうとしたが、ヘムメルリ博士は、自分自身は不在であるとリルケに伝えてきた。そこでリルケはなお数日ミュゾットで我慢した。彼は誕生日を病気のまま、独りミュゾットの塔で過ごした。十二月二十日夕方リルケはヴァル＝モンに到着した。彼は前

私は二年この方、次第に恐怖の真只中で生きています。……それは恐ろしい輪であり、ブリューゲルの地獄絵の中へ閉じ込めるように、私を閉じ込める悪い魔術の圏なのです。
ルー・アンドレーアス・ザロメ宛　一九二五年十月三十一日

年と同じ部屋、四十七号室を得た。ヘムメルリ博士はリルケの症状を以前と同様無害な状態と見做したが、しかし他方彼が自分の患者を救えるほどきちんと知ってもいなかった。もし医師がこの時点で、リルケが病んでいる病気の疑念を持っていたとしても、それを感じさせなかったろう。今度は五ヶ月以上も病院に留まらざるを得なかった。リルケとここで知り合ったパウラ・リカルトは彼女の患者仲間を次のように描写している。「アメリカの石油王たち、ブラジルの農園主たち、アルゼンチンの小麦王たちが、ハンガリーの貴族たちとかジャワやスマトラで病んだ腎臓の治療を求めて来ているオランダの工場主たちとテーブルを接して食事を取っていた。」――と、トーマス・マンの〈魔の山〉を思い出させる、ある雰囲気を描いた。ヴァル‐モンでは、リルケの容態が許す時でも、数多くの医療処置の故に殆ど仕事に至らなかった。春になって時折の遠出により、グリオンにいたナニー・ヴンダリー‐フォルカルトの処へと、ローザンヌやヴヴェーへの買い物のために出掛けることで、病院での日常から少しばかりの気分転換を図った。五月末イーダ・ヴァルテルトを荷作りのためにヴァル‐モンへ呼び寄せ、六月一日、一見回復した様子でヴァル‐モンを去った。ミュゾットでは改装工事が進行中であったので、シエールでリルケはオテル・ベルヴュに宿泊した。ヴァレリーの

〈ナルシス断章〉を翻訳し、フランス語の小さな詩集を完結した。そしてナニーに女秘書を世話してくれるよう頼んだ。というのは、七月と八月に計画されたバート・ラガツの保養滞在から帰ってきた直後に二篇のヴァレリーの対話作品〈《建築家》ユーパリノス〉と〈霊魂と舞踏〉の翻訳を始めようとしたからであった。バート・ラガツでリルケは一週間タクシス侯爵夫人と一緒に過ごす。その後なお五週間独りで湯治場に残った。病気によって彼の魅力は何も損なわれなかったのは、明白であった。侯爵夫人が旅立つや否や、オランダの女流歌手ベピィ・フェーデルとその母親と知り合い、彼女たちと多くの時間を過ごした。彼がヴァイニンガー夫妻の客としてウシーのオテル・サヴォワに泊った九月もまた、女性同伴でないことなどとても長くは続かなかった。エドモン・ジャルーが彼にエジプトの女優ニメ・エルイを紹介した。彼女はひどく感嘆しつつ丁度〈マルテ〉を読み終えたばかりで、思いがけずこの本の著者と対面する幸運に恵まれたのであった。彼らが初めて出会った数日後、この美しい女性といっしょにいることをリルケに控えさせたのは、唯一つの理由しかなかった。それは、丁度アンティの友人ジュリアン・モノの元に客となっていたポール・ヴァレリーと再会する偶然の機会であった。この日リルケと会った人

来るがいい、お前、私が
認める最後のものよ、
肉体の組織の中の癒しがたい苦痛よ
私が精神の中で燃えたように、見よ、私は今
お前の中で燃えている。
薪は長い間逆らった、
お前、燃え上がる炎に同意することに、
しかし今私はお前を養い、そしてお前のなかで
燃えるのだ。
私のこの世での優しさが
お前の怒りの中で
この世のものではない地獄の憤怒に変わる
全く純粋に、未来から開放され全く計画なく私は
乱雑に積み上げられた苦悩の薪の山に登って行っ

は誰も、最後が近いことに気付かなかった。

ローザンヌでロシアの亡命者エウゲーニヤ・チェルノスヴィトワが秘書としてリルケの面接を受けた。彼は彼女と一緒にシエールに戻る。オテル・ベルヴュに彼女を宿泊させ、そこで彼女はリルケの日々の仕事の成果をタイプライターで打ったのであった。ナニー・ヴンダリー゠フォルカルトはオテル・ベルヴュの食堂で数日間リルケと会って、彼女は驚いた。「彼はまるで重病の後のように、やつれ果て、おどおどし、色蒼ざめた様子をしていた。しかし私は後でそれを忘れてしまった。――彼は生き生きとして、親切であった。そして私たちは話さないわけには行かなかった」と。十月中頃、リルケが薔薇を摘もうとして傷つけてしまった指の小さな傷は、最初無害に見えたが、極めて短期間の中に左手のひどい炎症を引き起こした。一日経つと炎症は右手にもうつった。それで筆記出来なくなってしまったので、エウゲーニヤとシオンへ遠出をしたが、その地で更に腸を侵すウィルスに感染してしまった。ナニー・ヴンダリー゠フォルカルトとエウゲーニヤは彼を説得してオテル・ベルヴュへ移したが、彼の状態は日に日に悪化していった。彼はエウゲーニヤに病床から手紙を口述筆記させるのに、極度の肉体的努力を払わなければならなかった。十一月

た、
中に無言の貯えのあるこの心を代償としても
かくも確実に何処にも未来のないものを購おうとして。
今見分けがたく燃えているのは、まだ私なのか？
思い出を私は引き入れはしない。
おお　生よ　生、それは外にいることだ。
そして私は炎の中にいる。その私を知っている者は誰もいない。
日記に記入された最後の詩。一九二六年十二月中頃

59　ラロンの教会。

中旬南欧から故郷へ帰る途中リルケを訪問したハンス・ミュールとテオドーラ・ミュールは、彼のただならぬ容態と疲労の様子に驚いてしまった。十一月末になると苦痛に耐えられなくなった。リルケは医者に来て貰うが、医者は彼をヴァル‐モンへ行かせた。エウゲーニヤはリルケの最後の旅に付き添って行った。ヴァル‐モンに到着して直ちに血液検査が行われ、その結果は死の宣告に等しかった。リルケは稀な、特に痛みを伴う型の急性白血病に罹ったのであった。治療はない。最初の頃はエウゲーニヤが彼を見舞うのを許したが、その後ナニー・ヴンダリー‐フォルカルトが、彼の身の周りに居て貰いたがった唯一人の女性になった。ヴァル‐モンへやってきたクララにさえ、彼は会おうとしなかった。最後の手紙をルー、バラディーヌそしてカスナーに宛てて書いたが、カスナーには適当と思われる限りで、侯爵夫人に知らせることを頼んだ。さらに手紙を書く力が失せてしまったので、リルケは葉書に印刷することをナニーに頼んだ。葉書には友人たちに自分は『重病』であることを伝えるものであった。ナニーは彼のために百枚を遥かに超える葉書を送った。ライナー・マリーア・リルケは一九二六年十二月二十九日早朝死去した。埋葬は一九二七年一月二日凍えるような寒さの中、ラロンの山の墓地で執り行われた。埋葬には彼と親密であった人々、ナニー・ヴンダリー-フォルカルト、ヴェルナー・ラインハルト、アントーン・キッペンベルク、カタリーナ・キッペンベルク、レギーナ・ウルマン、ルル・アルベール-ラザールそしてアルマ・ムーディーが参列した。侯爵夫人は後から友人たちを通じて月桂冠を墓に供えさせた。

年表

一八三八年　リルケの父、ヨーゼフ・リルケ、シュヴァービッツ（ボヘミア）で生まれる。
一八五一年　リルケの母、ゾフィー・エンツ、プラハで生まれる。
一八七三年　両親の結婚。
一八七五年　十二月四日　ルネ・カール・ヴィルヘルム・ヨーハン・ヨーゼフ・マリーア・リルケがプラハで生まれる。
一八七八年　十一月二十一日　クララ・ヴェストホフがブレーメンで生まれる。
一八八二年～一八八六年　プラハのピアリスト修道会経営国民学校に通学。両親の離婚後、リルケは母親の元に残る。
一八八六年　九月一日　ザンクト・ペルテン陸軍幼年学校入学。最初の詩。
一八九〇年　幼年学校卒業後、メーリッシュ・ヴァイスキルヒェン陸軍高等実科学校に入学。
一八九一年　病気のため陸軍高等実科学校を退学。リンツの商業専門学校三年課程に入学するが、翌年中頃同校を退学。
一八九二年　秋以降　大学入学資格取得試験準備のため個人授業を受ける。
一八九三年　ヴァレリー・フォン・ダーフィト・ローンフェルトとの友情が始まる。
一八九四年　最初の独立した詩集〈人生と小曲〉が出版される。
一八九五年　プラハで大学入学資格を取得。冬学期からプラハ大学で美術史、文学史、哲学を聴講。詩集〈家神への捧げもの〉出版。〈ヴェークヴァルテン〉第一輯を編集する。

一八九六年　夏学期から法学及び国家学部聴講。戯曲〈今私たちが死に絶える時〉が上演される。ミュンヒェン大学で二学期間美術史、美学、ダーウィン理論の聴講届を提出。

一八九七年　ルー・アンドレーアス・ザロメとの四年に及ぶ関係が始まる。〈夢を冠に〉が出版される。プラハで〈早霜〉が上演される。

一八九八年　四月～五月　アルコ、フィレンツェ、ヴィアレッジョに滞在。〈フィレンツェ日記〉を書き、〈シュマルゲンドルフ日記〉を始める。詩集〈降臨節〉、短編小説集〈人生に沿って〉、戯曲〈現在なしで〉を出版。

一八九九年　四月～六月　最初のロシア旅行。〈時祷詩集〉第一部が成立。〈シュマルゲンドルフ日記〉継続される。秋には〈旗手クリストフ・リルケの愛と死の歌〉の第一稿が成立。〈二つのプラハ物語〉、〈我が祝いに〉、〈白衣の侯爵夫人〉が出版される。

一九〇〇年　五月～八月　第二回ロシア旅行。八月～十月ヴォルプスヴェーデ滞在。〈ヴォルプスヴェーデ日記〉を始める。〈神様の話〉出版される。

一九〇一年　四月二十八日　ブレーメンでクララ・ヴェストホフと結婚。十二月十二日娘ルート誕生。九月〈時祷詩集〉第二部を書く。〈最後の人びと〉を出版。〈家常茶飯〉上演される。

一九〇二年　〈家常茶飯〉、〈形象詩集〉が出版される。

一九〇三年　ヴィアレッジョにて〈時祷詩集〉第三部を書く。〈ヴォルプスヴェーデ〉、〈オーギュスト・ロダン〉が刊行される。

一九〇四年　〈マルテの手記〉の執筆を開始。〈旗手クリストフ・リルケの愛と死の歌〉の第二稿（未定稿）出版される。

一九〇五年　九月～十月　ムードンのロダンの元に住む。

講演旅行の後も一九〇六年五月まで秘書としての仕事に従事。〈時祷詩集〉が刊行される。

一九〇六年 三月十四日 父親死去。〈形象詩集〉の第二版、増補版が刊行される。〈旗手クリストフ・リルケの愛と死の歌〉の決定版最初の刊行。

一九〇七年 十二月 〈新詩集〉が出版される。

一九〇八年 十一月 二篇の〈鎮魂歌〉を書く。〈新詩集別巻〉が出版される。

一九〇九年 五月 プロヴァンスへ旅行。九月～十月 アヴィニョンへ旅行。十月からパリに滞在。

一九一〇年 十一月～一九一一年三月まで 北アフリカ旅行。唯一の長編小説〈マルテ ラウリッツ ブリッゲの手記〉が刊行される。

一九一一年 十月～一九一二年五月まで ドゥイノに滞在。

一九一二年 ドゥイノの城で最初の悲歌群と〈マリーアの生涯〉が成立。十一月～一九一三年二月までスペイン旅行。

一九一三年 〈マリーアの生涯〉が出版される。

一九一四年 大戦勃発の後日〈五つの歌〉が成立。

一九一五年 十一月ドゥイノの第四悲歌が成立。〈五つの歌／一九一四年八月〉が出版される。

一九一六年 六月までヴィーンで兵役に就く。一月から軍事文書課の文書係としての仕事に従事。

一九一七年 八月～九月 ヘルタ・ケーニヒの客としてベッケルにある所領地に滞在。

一九一八年 オールシュタット、アンスバッハへ旅行。ミュンヒェンに滞在。

一九一九年 十月～十一月 講演旅行（チューリヒ、ザンクト・ガレン、ルツェルン、バーゼル、ベルン、ヴィンタートゥーア）。十二月～一九二〇

年二月まで　ロカルノ滞在。

一九二〇年　六月～七月　ヴェネチア滞在。八月～九月スイス国内旅行。十一月から年末にかけてベルク・アム・イルヒェル滞在（一九二一年五月まで）。

一九二一年　七月から死に至るまでミュゾットの館がリルケの居住地となる。

一九二二年　〈ドゥイノの悲歌〉を完成し、〈オルフォイスへのソネット〉第一部、第二部も書き上げる。〈若き労働者の手紙〉、ヴァレリーの翻訳も仕上げる。リルケの娘ルートがカール・ジーバーと結婚。

一九二三年　六月～七月　スイス国内を旅行。八月～九月ベッケンリート近郊のシェーネックの療養所に逗留。十二月～一九二四年一月　テリテ上部のヴァル・モンの療養所に逗留。〈オルフォイスへのソネット〉及び〈ドゥイノの悲歌〉が刊行される。

一九二四年　六月　スイスのフランス語地域を自動車旅行。十一月ヴァル・モンの療養所に逗留。〈果樹園〉、〈ヴァレーの四行詩〉、〈薔薇〉の、多くのフランス語の詩が出来る。五月　エリカ・ミッテラーから最初の、手紙による詩を受け取り、これがヴィーンの若い女流抒情詩人との往復書簡詩のきっかけとなる。

一九二五年　一月～八月　最後のパリ滞在。

一九二六年　五月～十二月　ヴァル・モンの療養所に逗留。フランス語の詩、ヴァレリーの翻訳。〈果樹園付ヴァレーの四行詩〉が出版される。十二月二十九日　ライナー・マリーア・リルケヴァル・モンにて死去する。

一九二七年　一月二日　リルケ　ラロン（ヴァリス州）に埋葬される。全集Ⅰ～Ⅳ刊行される。

一九三一年　母親ゾフィー・リルケ死去。

一九五四年　クララ・リルケ・ヴェストホフ死去。

訳者あとがき

本書はRainer Maria Rilke von Stefan Schank, dtv portrait 31005 Originalausgabe Juli 1998. 2. Auflage April 1999. の翻訳である。本全体の構成、配色等もほぼテキストに遵った。

四十二歳という若さで急逝した著者のシュテファン・シャンク（一九六二―二〇〇五）について、彼が活動の場としていたリルケ協会の会誌に掲載されたアウグスト・シュタールの追悼文に拠って紹介すると、彼はドイツ連邦共和国の南西ザールラント州で生まれ、同地のギムナジウムに進学し、ザールラント大学で勉学を開始した生粋のザールラント人で、一九九四年から一九九五年の冬学期に博士請求論文「ライナー・マリーア・リルケの作品における幼年時代の体験」で大学生活を終え、研究者生活に入った。彼は博士論文完成一年前から書誌学的調査の仕事を文献学的綿密さで徹底して行い、「多年に亘ってリルケ書誌学者として活躍し、カール・クルッツ博士の最適の後継者となった。」（A・シュタール）彼のリルケ書誌学者としての活動は、【ゲルマニスティク】やインターネットのホームページ上に書いた書評等から推測される通り、他の研究家の業績に対する心使いがよく表現されている。本書のリルケについての記述からも、ノイトラールな手法を標榜しつつも、この対象に対する心使いと暖かさは立証されている。

「ロダンは名声を獲得する前は、孤独だった。やがておとずれた名声は、恐らく彼をなおいっそう孤独にした。何故なら名声というものは、結局、新しい名前の周りに集まる全ての誤解の総括にすぎないのだから。」これは〈オーギュスト・ロダン〉の冒頭の良く知られた一節であるが、リルケ自身もロダン同様、孤独であり、さまざまな誤解に包まれていたことだろう。シャンクはリルケに纏わるプロ・ウント・コントラの評価をまず振り払って、詩人リルケの中に何よりも人間を、病気を、両親を、家庭を、生涯の歴史を背負ったひとりの人間を見た。彼はリルケの幼年時代、軍人学校時代、孤独、肉体的・精神的苦悩についての詩人の嘆きを正面から受け止めて、徹底的に幼年時代の、また幼児期の体験について、その専門分野の研究に取り組んだといわれている。「シュテファン・シャンクは最高の専門知識と判断力を兼ね備えた専門家であった。そして文学として読んだものを常に人生の側からも理解しようとした。」（A・シュタール）彼は学位取得後数年の内に二冊の本を公刊した。その本とは、写真家の夫人と一緒に仕上げた

〈スイス時代のリルケ〉と本書〈ライナー・マリーア・リルケ〉である。「彼の書いたもの全ては、理解と対象の立場に立った思いやり、そして寛容によって特徴付けられている。彼にとって学問は徹頭徹尾人間的なものの構成要素であった。」（A・シュタール）

残念なことに、シュテファン・シャンクは二〇〇五年一月十日死去した。

なお、本文の記述中に著者の誤りや思い違いと思われる箇所もあったが、敢えて訳者の見解は加えずに、本文に従って出来るだけそのままの翻訳を貫いた。

大学進学まで孤独と不安に苛まれ、鬱屈した気持を抱き続け、トラークル風に表現すれば、まだ戦後の色濃く残る、暗い夕暮れと没落の街を彷徨していた若者が、独文科に入学してからトラークルとリルケの魅力に惹かれ、卒業論文もリルケを対象に取り上げたのは自然の成り行きであったかもしれない。テーマは「若きリルケの音楽と音楽的なもの――ベンヴェヌータとの邂逅まで――」といったもので、当時まだこの問題に関する研究は無かったと記憶している。修士論文でも、リルケの〈マルテの手記〉の結末、「放蕩息子の話」を扱った。同人誌【未定】に加わって、リルケの訳詩も載せてもらったが、その解説は「一九〇二年のリルケ」という表題を持った小文であった。その後東京を離れ、博多の地に赴き、九州大学教養部、福岡大学人文学部で教壇に立つ傍ら、時折リルケについて紀要や学会誌に書いたが、教職を退いて、東京に戻った今になって、これまで片々たる紀要論文の類しか残さなかったことに忸怩たる思いがあり、リルケを何らかの形にして纏めたいとも考えるようになった。しかし今更、昔の論文を集めたところで意味あるとも思えず、思案していた折、偶々dtvポートレート・シリーズにあるシュテファン・シャンク「ライナー・マリーア・リルケ」という小型ではあるが、気鋭のリルケ研究の専門家による内容の充実した本書を知り、これを翻訳して私のリルケの総括の一助にしようと目論んだのである。本書はdtvシリーズの性質上専門書ではないが、詩人としてのリルケ、人間としてのリルケを豊富な資料に基づき、公平で、詳細に描き出している。勿論これに拠って、私のリルケに一区切りつけられるとは、とても言い難いが、兎に角翻訳することにより、思い入れや偏見のないリルケの全体像が獲得できると信じている。そして本書はドイツ語圏文学の稀有な詩人リルケの絶後の生涯の、小型ではあるが、本格的な評伝であり、あの時代（十九世紀末―二十世紀初頭）を生き抜いた人間リルケをも描いたリルケ入門の書ともなっている。

翻訳の作業では、怠惰な私の注意が散漫になりかかると、妻　隆子は私を激励、視力を失いかけているのに無理を重ねながら乱雑な訳文を丁寧に読み、註の割付に至るまで全て目を通してくれた。

ロシア語に関してはロシア文学者　早川真理氏、フランス語に関しては福岡大学人文学部　輪田　裕教授、イタリア語に関しては、福岡大学人文学部　浦上雅司教授のお三方に御教授を仰いだ。深く感謝申し上げる。

学部学生以来永年に亘って多大のお世話を戴き、さらに今回の出版にも力を貸して下さった、親友　朝日出版社社長　原　雅久氏の御好意に心からの謝意を表すとともに、朝日出版社常務　藤野昭雄氏には翻訳権の交渉等、またA＆A社の田家　昇氏には本の誕生に至るまで諸般に御尽力戴いた。厚く御礼申し上げる。

平成一九年三月三十一日

両角　正司

リルケ、イレーネ　Rilke, Irene　29, 52
リルケ、エーゴン　Rilke, Egon　25
リルケ、エーミール　Rilke, Emil　12
リルケ、ゾフィー　Rilke, Sophie　8, 9, 11, 12-19, 20, 27, 29, 63-65, 94, 96,111,116,128,155
リルケ、パウラ　Rilke, Paula　29, 52
リルケ、フーゴー　Rilke, Hugo　12
リルケ、マックス　Rilke, Max　25
リルケ、ヤロスラフ　Rilke, Jaroslav　12,16, 25-29, 52,99,130
リルケ、ヨーゼフ　Rilke, Josef　9,11-16, 18, 26, 96, 129, 134
リルケ、ルート　Rilke, Ruth(verh. Sieber-Rilke)　98, 104, 134, 149-150, 155, 159, 175, 182-183, 206, 217, 222
ルートヴィヒ-フェルディナント、プリンツ・フォン・バイエルン　Ludwig-Ferdinand, Prinz von Bayern　177
レーヴェントロフ、フランチスカ（ファニー）・フォン　Reventlow, Franziska (Fanny) von　53, 71, 95
ロダン、オーギュスト　Rodin, Auguste　85, 89,103,105-108, 126-129, 132-134, 135, 139-141, 152, 182, 183, 194
ロマネリ、アーデルミーナ（ミミ）　Romanelli, Adelmina(Mimi)　141, 142

フェーンドリヒ、アリーセ　Faehndrich,Alice　124, 134, 136, 141
フォーゲラー、ハインリヒ　Vogeler, Heinrich　64-65, 68, 76, 83-85, 96, 100-101, 114
フォラー、アニータ　Forrer, Anita　74
フォルメラー、カール　Vollmoeller, Karl　63
フォルメラー、マティルデ　Vollmoeller, Mathilde　63
ブゾーニ、フェルッチョ　Busoni, Ferruccio　157, 191
フランツ・ヨーゼフ一世、オーストリア皇帝　Franz Joseph I., Kaiser von Österreich　45-46, 49
フリート、オスカル　Fried, Oskar　53
プリッツェル、ロッテ　Pritzel, Lotte　162
ブルクハルト - シャッツマン、ヘレーネ　Burckhardt - Schazmann, Hélène　191, 195
ブルクハルト、カール　Burckhardt, Carl J.　191, 220
ブルックマン、エルザ　Bruckmann, Elsa　159
ブルックマン、フーゴー　Bruckmann, Hugo　159
ブルマウァー、オルガ　Blumauer, Olga　26
フロイト、ジークムント　Freud, Sigmund　47, 172
フローベール、ギュスターヴ　Flaubert, Gustave　106, 132
ベヌア、アレクサンドル　Benois, Alexander　76, 78
ヘッセ、ヘルマン　Hesse, Hermann　21, 22, 51
ベッツ、モーリス Betz, Maurice　220
ヘムメルリー - シンドラー、テーオドール　Haemmerli-Schindler, Theodor　217, 222-223
ヘンケル、カール　Henckell, Karl　36
ボイエル、ヨーハン　Bojer, Johan　108
ボートマン、エマヌエル・フォン　Bodman, Emanuel von　101, 104
ボードレール、シャルル　Baudelaire, Charles　106, 107, 132
ボートレンダー、ルードルフ　Bodländer, Rudolf　43
ホーフマン、ルートヴィヒ・フォン　Hofmann, Ludwig von　67
ボシュエ、ジャック　Bossuet, Jacques Bénigne　163
ボッティチェリ　Botticelli（Sandro di Mariano Filipepi）　64, 106
ホフマンスタール、フーゴー・フォン　Hofmannsthal, Hugo von　28, 47, 51, 68, 97, 141, 155, 179, 208, 220
ポングス、ヘルマン　Pongs, Hermann　57

マッケンゼン、フリッツ　Mackensen, Fritz　84-89, 101
マルク、フランツ　Marc Franz　181
マン、トーマス　Mann, Thomas　21, 51, 100, 223
ミカエーリス、カーリン　Michaëlis, Karin　107, 120, 179
ミケランジェロ、ブオナロティ　Michelangelo, Buonarroti　64, 107

ミッテラー、エリカ　Mitterer, Erika　215
ミットフォード、マリアンネ　Mitford, Marianne　173, 177, 220
ミュール、ハンス・フォン・デア　Mühll, Hans von der　195, 204, 226
ミュール、テオドーラ・フォン・デア　Mühll, Theodora von der　195, 226
ムーター、リヒャルト　Muther, Richard　99, 103, 107
ムーディー、アルマ　Moodie, Alma　211, 218, 227
ムティウス、マリー・フォン　Mutius, Marie von　24
ムッソリーニ、ベニト　Mussolini, Benito　123
メーヴェス、アニ　Mewes, Anni　184
メーテルランク、モーリス　Maeterlinck, Maurice　39, 40
メーラー・フォン・メーラースハイム、ギーゼラ　Mähler von Mählersheim Gisela　30
モーゼス、ユリウス　Moses, Julius　122
モーダーゾーン - ベッカー、パウラ　Modersohn-Becker, Paula　85, 87-92, 93-95, 102, 141-143
モーダーゾーン、オットー　Modersohn, Otto　84, 85, 88, 92, 96, 101
モノ、ジュリアン　Monod, Julien　221-224
モント、ポル・デ　Mont, Pol de　99

ヤコブセン、イエンス・ペーター　Jacobsen, Jens Peter　40, 55, 57, 116, 119
ユンカー、アクセル　Juncker, Axel　97, 99, 108, 129-130, 171

ラインハルト、ヴェルナー　Reinhart, Werner　194-195, 205, 211, 218, 219, 221, 222, 227
ラインハルト、オスカル　Reinhart, Oskar　195
ラインハルト、ゲオルク　Reinhart, Georg　195, 217
ラインハルト、ハンス　Reinhart, Hans　194, 218
ラーテナウ、ヴァルター　Rathenau, Walther　212-213
リープクネヒト、ゾフィー　Liebknecht, Sophie　184
リーリエンクローン、デトレフ・フォン　Liliencron, Detlev von　40, 52-56, 122
リカルト、パウラ　Riccard, Paula　223
リヒノフスキー、メヒティルデ・フュルスティン　Lichnowsky, Mechtilde Fürstin　154
リルケ - ヴェストホフ、クララ　Rilke-Westhoff, Clara　8, 11, 87-94, 95-99, 102-108, 110, 114-120, 126-129, 133, 134-141, 142, 149-150, 159, 164, 175, 182-183, 217, 226

シュレーダー、マルタ　Schröder, Martha　96
シュレーダー、ルードルフ・アレクサンダー　Schröder, Rudolf Alexander　97
シル、ソフィア・ニコラエウナ　Schill, Sofija Nikolajewna　74
ジンメル、ゲオルク　Simmel, Georg　68, 126
ズットナー、ベルタ・フォン　Suttner, Bertha von　28
ストロシェンコ、ニコライ　Storoschenko, Nikolaj I.　73
スロアガ、イグナシオ　Zuloaga Ignacio　108
セザンヌ、ポール　Cézannne, Paul　63, 107, 132, 136, 139
ゼドラコーヴィッツ、ツェーザル・フォン　Sedlakowitz, Cäsar von 25, 78
ゾルムス - ラウバッハ、マノン　Solms-Laubach, Manon　135

ダーフィト - ローンフェルト、ヴァレリー ・ フォン　David - Rhonfeld, Valerie von　23, 29-33
チェルノスヴィトワ、エウゲーニャ（シェニア）　Tschernoswitow, Evgenija Schenia　225-226
ツァイアー、ユリウス　Zeyer, Julius　30, 33
ツィーグラー、ジャン　Ziegler, Jean　198
ツィーグラー、リリー　Ziegler, Lily　198
ツヴァイク、シュテファン　Zweig, Stefan　131, 178, 179
ツェヒ、ユーリウス　Zech, Julius　196
ツェラーン、パウル　Celan, Paul　215
テヴェレス、ハインリヒ　Teweles, Heinrich　100
デーメル、リヒャルト　Dehmel, Richard　52, 122
デュ・ボス、シャルル　Du Bos, Charles　220
デルプ、クロティルデ　Derp, Clotilde von　191
ドゥーゼ、エレオノーラ　Duse, Eleonora　67, 146, 156, 162
トゥーン - ホーエンシュタイン、パウル・グラーフ　Thun-Hohenstein, Paul Graf　190
トゥルーベツコイ、パウル　Trubetzkoj, Paul　71
トゥルン・ウント・タクシス - ホーエンローエ、マリー・フュルスティン・フォン　Thurn und Taxis-Hohenlohe, Marie Fürstin von　79, 150-151, 160-162, 166-167, 179, 192, 194, 196, 199, 208-211, 219, 224, 227
トゥルン・ウント・タクシス、アレクサンダー（パシャ）・プリンツ／フュルスト・フォン　Thurn und Taxis, Alexandar(Pascha)Prinz / Fürst von　150, 177
ドストエフスキー、フョードル・ミハイロヴィチ　Dostojewski, Fjodor Michailowitsch　55, 78, 158
ドブルチェンスキー、マリー　Dobrzensky, Mary　190, 211

トラー、エルンスト　Toller, Ernst　185
トラークル、ゲオルク　Trakl, Georg　156
トルストイ、レフ　Tolstoj, Lew Nikolajewitsch Graf　28, 71, 74-75, 107, 158, 194
トレービチ、ジークフリート　Trebitsch, Siegfried　107
ドロッジン、スピリドン・D　Droschin, Spiridon D　75

ナートヘルニー・フォン・ボルティン、ジドーニエ（ジディー）　Nádherný von Borutin, Sidonie(Sidie)　41, 127, 141, 151, 177-179, 182, 190
ニーマン、ヨハンナ　Niemann, Johanna　71, 113
ネーヴァル、エリア・マリーア　Nevar, Elya Maria　181-182
ノスティッツ、ヘレーネ・フォン　Nostitz, Helene von　155, 179
ノルディック・ツァ・ラーベナウ、ユーリエ・フォン　Nordeck zur Rabenau, Julie Freifrau von　124, 134

ハイゼ、リーザ　Heise, Lisa　186
ハイト、エリーザベト・フォン・デア　Heydt, Elisabeth von der　134, 139, 173
ハイト、カール・フォン・デア　Heydt, Karl von der　123, 124, 134, 139, 140, 142, 155, 156, 173, 177, 183
ハウプトマン、ゲールハルト　Hauptmann, Gerhart　38, 51, 122, 173
バウムガルトナー、フリーダ　Baumgartner, Frida　206
パウリ、グスタフ　Pauli, Gustav　100
ハッティングベルク、マグダ・フォン　Hattingberg, Magda von　157, 158-159, 170-173, 191
バッハマン、インゲボルグ　Bachmann, Ingeborg　215
ハルデン、マクシミーリアーン　Harden, Maximilian　122
バルテュス　Balthus(=Arsène Dovitcho Baltusz Klossowski)　191, 199, 211, 219
ハルベ、マックス　Halbe, Max　39
バレット - ブラウニング、エリザベス　Barrett-Browning, Elizabeth　136
バング、ヘルマン　Bang, Herman　100, 119
ピカソ、パブロ　Picasso, Pablo　174
ビューロウ、フリーダ・フォン　Bülow, Frieda von　58, 71, 92
フィシャー、ザームエル　Fischer, Samuel　142, 150, 155, 174
フィシャー、ヘートヴィヒ　Fischer, Hedwig　150, 174
フーフ、フリードリヒ　Huch, Friedrich　97, 100
フェーデル、ベピィ　Veder, Beppy　224

エンツ、カール　Entz,Carl　13
エンツ、カロリーネ　Entz,Caroline　13
エンデ、ハンス・アム　Ende,Hans am　84, 101
オーヴァーベック、フリッツ　Overbeck, Fritz　84, 101
オルタースドルフ、イエニー　Oltersdorf, Jenny　152
オルリーク、エーミール　Orlik, Emil　33, 39, 96

カールゼン、イエニー　Carsen, Jenny　41
カイザーリンク、パウル・グラーフ・フォン　Keyserlingk, Paul Graf von　182
カサーニ、アルベルティーナ　Cassani, Albertina　191
カスナー、ルードルフ　Kassner, Rudolf　68, 141, 150-152, 156, 158, 159, 162, 179, 211, 226
ガスポ、アンリ　Gaspoz, Henri　219
カッシーラー、エーファ　Cassirer, Eva　150, 155
カプス、フランツ・クサファー　Kappus, Franz Xaver　109, 111
ガッララーティー - スコッティ、アウレーリア　Duchessa〈公妃〉Aurelia Gallarati-Scotti　123
カルクロイト、ヴォルフ・グラーフ・フォン　Kalckreuth, Wolf Graf von　143
ガングホーファー、ルートヴィヒ　Ganghofer, Ludwig　52
キッシュ、エーゴン・エルヴィーン　Kisch, Egon Erwin　9, 10, 49
キッペンベルク、アントーン　Kippenberg, Anton　81, 130, 131, 139, 142, 145, 149, 154, 155, 170, 175, 204, 211, 217-218, 227
キッペンベルク、カタリーナ　Kippenberg, Katharina　170, 177, 211, 218, 227
ギブソン、ジェイムス　Gibson, James　121, 124
キュールマン、リヒャルト・フォン　Kühlmann, Richard von　184
キルケゴール、セーレン　Kierkegaard, Sören　80, 116, 119
キンツェルベルガー、カール　Kinzelberger, Carl　13, 20
クッチェラ - ヴォボルスキー、イレーネ・フォン　Kutschera-Woborsky, Irene von　155
クノープ、ヴェーラ　Knoop, Wera　207
クノープ、ゲルトルート・アウカマ　Knoop, Gertrud Ouckama 206-207
グラーフ、オスカル・マリーア　Graf, Oskar Maria　185
クラウス、カール　Kraus, Karl　47, 176-177, 179
グリム兄弟　Grimm, Gebrüder　106-107
グレコ、エル　Greco, El Greco (eigentl.Domenikos Theotokopulos) 152-153

クレッラ、アルフレート　Kurella, Alfred　185
クロソウスカ、バラディーヌ　Klossowska, Baladine　191, 198, 200-203, 211, 217-220, 226
クロソウスキー、ピエール　Klossowski, Pierre　191, 219
ケイ、エレン　Key, Ellen　64-65, 101, 108-109, 113, 116-117, 119, 120-121, 124, 135, 142, 150
ケーニヒ、ヘルタ　Koenig, Hertha　174, 180, 185
ゲープザッテル、エーミール・フォン　Gebsattel, Emil von　10, 164-165
ゲオルゲ、シュテファン　George, Stefan　28, 51, 63-64, 97
ケスラー、ハリー・グラーフ　Kessler, Harry Graf　127, 155, 183, 220
ゲラン、モーリス・ド　Guérin, Maurice de　162
ゴウドシュティッカー、マチルデ・ノーラ　Goudstikker, Mathilde Nora　53
ゴーリキー、マクシム　Gorki, Maxim　135
ココシュカ、オスカル　Kokoschka, Oskar　47-48, 179
ゴッホ、ヴィンセント・ヴァン　Gogh, Vincent van　107, 132, 139
ゴル、イヴァン　Goll, Iwan　181, 191
ゴル、クレール　Goll, Claire（Studer）　181, 191, 220

ザーリス、グィド・フォン　Salis, Guido von　211
ザーリス、ジャン・ロドルフ・フォン　Salis, Jean Rodolphe von　7, 218
ザールス、フーゴー　Salus, Hugo　71
ザウアー、アウグスト　Sauer, August　33, 50
ジーバー、カール　Sieber, Carl　206
シェーナイヒ - カーロラート - シルデン、エーミール・プリンツ・フォン　Schönaich-Carolath-Schilden, Emil Prinz von　38, 101
ジッド、アンドレ　Gide, André　158, 163, 175, 214
シャイ - ロートシルト、フィーリップ・フライヘル・フォン　Schey-Rothschild, Philipp Freiherr von　177, 182
ジャルー、エドモン　Jaloux, Edmond　214, 220, 224
シュヴァルツヴァルト、オイゲーニエ　Schwarzwald, Eugenie　179
シュヴェーリン、ルイーゼ・グレーフィン・フォン　Schwerin Luise Gräfin von　124, 126, 136
シュタイナー、フーゴー　Steiner, Hugo　33
シュタウフェンベルク、ヴィルヘルム・フォン　Stauffenberg, Wilhelm von　170-171, 182
シュトラッサー、フェリーチア　Strasser, Felicia　211
シュニッツラー、アルトゥーア　Schnitzler, Arthur　47, 97, 122

索　引

アイスナー、クルト　Eisner, Kurt　185
アンヌベール、マルト　Hennebert, Marthe　156-157, 159, 191-193, 220
アルコフォラド、マリアンナ　Alcoforado, Marianna　137, 157,163
アルベール - ラザール、ルル　Albert-Lazard, Lulu　159-161, 172-173, 179, 181, 227
アンドレ ーアス- ザロメ、ルー　Andreas - Salomé, Lou（Louise）　39, 56-64, 68-76, 77, 85-86, 91, 93, 94,102-103, 113, 114, 126, 128, 138, 146, 147, 160, 163, 164, 166, 170, 172, 173, 186-187, 194, 222, 226
アンドレーアス、フリードリヒ・カール　Andreas, Friedrich Carl　58-61, 68
イェニー、ルードルフ・クリストフ　Jenny, Rudolf Christoph　33,39
ヴァイニンガー、リヒャルト　Weininger, Richard　179, 182, 219
ヴァッサーマン、ヤーコプ　Wassermann, Jakob　55-56, 58, 107
ヴァルテルト、イーダー　Walthert, Ida　221
ヴァレリー、ポール　Valéry, Paul　206, 214, 218, 224
ヴィトゲンシュタイン、ルートヴィヒ　Wittgenstein, Ludwig　156, 175
ヴィルトベルク、ボードー　Wildberg, Bodo　37
ヴィルドラック、シャルル　Vildrac, Charles　175
ヴェーデキント、フランク　Wedekind, Frank　21, 51, 57
ヴェラーレン、エミール　Verhaeren, Emile　128, 182
ヴェストホフ、フリードリヒ　Westhoff, Friedrich　88, 114
ヴェストホフ、ヘルムート　Westhoff, Helmuth　218
ヴェストホフ、ヨハンナ　Westhoff, Johanna　88, 114
ヴェルツェ、アーロイス　Veltzé, Alois　178
ヴェルフェル、フランツ　Werfel, Franz　49, 156
ヴォルフ、クルト　Wolff, Kurt　154, 179
ヴォローニン、ヘレーネ　Woronin, Helena　71
ウルマン、レギーナ　Ullmann, Regina　156, 211, 227
ヴンダリー - フォルカルト、ナニー　Wunderly-Volkart, Nanny　12, 167, 193, 198, 203-205, 213, 217, 219-227
エステレン、フリードリヒ・ヴェルナー・ファン　Oestéren, Friedrich Werner van　38, 53
エステレン、ラスカ・ファン　Oestéren, Láska van　37, 41, 53
エルイ、ニメ　Eloui, Nimet　224

● 訳者紹介

両角　正司（もろずみ　しょうじ）
福岡大学名誉教授

ライナー・マリーア・リルケの肖像

検印
省略

© 2007年8月29日　初版発行

著　者　シュテファン・シャンク
訳　者　両角正司
発行者　原　雅久
発行所　株式会社　朝日出版社
101-0065 東京都千代田区西神田 3-3-5
電話 (03) 3263-3321（代表）
DTP：越海編集デザイン

乱丁、落丁本はお取替えいたします。
ISBN978-4-255-00396-2 C0097